pan
narrativa

Norbert Davis

Mio caro assassino

Postfazione di
Stefano Martinelli

Traduzione di
Elena Tomei

LE LETTERE

Titolo originale:
Oh, Murderer Mine (1946).

L'editore, constatata l'irreperibilità di Eredi dell'Autore, si dichiara in ogni caso disponibile a soddisfare ogni eventuale richiesta da parte dei legittimi proprietari dei diritti sul testo.

Traduzione di Elena Tomei.

ISBN 88 7166 717 4
www.lelettere.it

Capitolo primo

La primavera era tornata: le api ronzavano, i fiori sbocciavano, le colombe tubavano e il sole brillava su tutte queste cose e su una gran quantità di altre attività in modo spudoratamente benevolo. Non era altro che il solito vecchio e noioso spettacolo in cui, da milioni di anni o più, si continuava a mettere in scena, ad intervalli regolari, il rinnovamento degli amori, certamente nulla di cui meravigliarsi, ma, nonostante ciò, tutto questo appariva nuovo e splendido a Melissa Gregory perché era felice. Era una persona semplice e non ci voleva molto per renderla felice.

Stava camminando lungo l'Old Quad con la testa alta, le spalle dritte e facendo ticchettare agilmente i tacchi in quello che riteneva il modo adeguato. Era magra e abbastanza alta, con capelli castani dai riflessi ramati. Aveva occhi azzurri a mandorla e tre lentiggini sul nasetto all'insù. Il suo rossetto era della tonalità sbagliata.

In quel preciso momento era felice perché era stata promossa ad un lavoro migliore grazie ai suoi innegabili meriti e alla sua costante presenza alle feste della facoltà. Adesso era un'assistente. Nella strana gerarchia delle facoltà universitarie, l'assistente si colloca ad un grado tra il capo giardiniere e il professore di più basso livello, sempre che qualcuno possa determinare chi sia. Un assistente non può tenere lezioni, in effetti non può parlare a voce alta in alcun luogo, ma gli è concesso di inculcare le verità più elementari di alcune materie alle matricole.

Melissa insegnava antropologia, e lo faceva in un istituto di cultura superiore chiamato università di Breckenbridge, divisione occidentale, specializzato nella produzione di massa di laureati mediocri. Era un luogo efficiente e impersonale, ma sfortunatamente uno dei suoi fondatori aveva frequentato ai suoi tempi una ben nota università della costa orientale e non l'aveva dimenticato. Di conseguenza, l'università di Breckenbridge aveva una struttura funzionale quanto quella di due dadi gettati da un cappello. Gli edifici erano sparsi in tutte le direzioni e nascosti sotto l'edera e dietro i cespugli.

L'ufficio di Melissa si trovava in un edificio conosciuto come Vecchio Chim in quanto, al pianterreno, vi erano tre laboratori di chimica per gli studenti alle prime armi. Il Vecchio Chim era un solido edificio a due piani di granito con un'orrenda facciata e una parte posteriore tutta storta: l'architetto evidentemente aveva seguito la teoria per cui le finestre servono per tenere lontani gli indiani e non per favorire il cambiamento d'aria o l'ingresso della luce.

Melissa salì gli scalini di pietra squadrata e attraversò l'arco d'ingresso, poi prese le scale alla sua destra che conducevano nell'oscurità del corridoio del primo piano. Il suo ufficio era il secondo lungo il corridoio. Stava frugando nella borsetta alla ricerca della chiave quando si accorse che la porta era leggermente accostata. La spinse e guardò dentro.

Era un esempio piuttosto rappresentativo di un ufficio universitario. Era abbastanza più largo di un armadietto degli studenti e quasi altrettanto areato, l'arredamento probabilmente sarebbe stato valutato ad un prezzo decente da un robivecchi. Melissa lo amava in modo orgogliosamente e fieramente possessivo perché era il suo primo ufficio ed era suo e di nessun altro.

In quel momento c'era dentro un uomo. Era seduto sulla sedia di Melissa. Aveva sparso disordinatamente dei fogli sulla sua scrivania. E per di più era un uomo giovane.

Tale fatto la bloccò, perché quando pensava agli uomini, il che non accadeva né troppo spesso né troppo raramente, lei pensava a uomini giovani. Per essere precisi, quando si dedicava a simili pensieri e si dilettava con essi, il tipo di uomo giovane a cui pensava era quasi esattamente come quello.

Purtroppo però, quello non era né il momento né il luogo perché l'uomo dei suoi sogni diventasse improvvisamente realtà. Ovviamente, non poteva andare in deliquio per lui anche volendo – e fermamente confermò a se stessa di non avere un tal desiderio – perché era un intruso. Peggio! Egli aveva tutto l'aspetto di uno dei più vili criminali che una facoltà universitaria possa produrre: un ladro di uffici, ed era stato preso con le mani nel sacco mentre cercava di trasferirsi nell'ufficio di Melissa ancor prima che lei stessa avesse avuto il tempo di prenderne effettivamente possesso.

– Bene – disse Melissa in tono tagliente. – Buongiorno.

– Uhuh – disse il giovanotto. Stava facendo dei calcoli matematici molto complicati su un foglietto e non alzò nemmeno lo sguardo. – Uh – disse, tirando a sé una grande ed indefinita cartina e tracciandovi con cura una linea ondulata con la china e con la matita. Era estremamente bello. Aveva i capelli biondi e riccioluti e un naso piccolo e dritto, gli occhi erano azzurri ornati di lunghe e folte ciglia. L'effetto globale di questo damerino da pubblicità era leggermente offuscato dal modo in cui la sua bocca era piegata ad un angolo e dallo sguardo accigliato, ma, anche così, la sua distanza dalla perfezione era minima.

Melissa avanzò dalla porta. – Mi scusi.

Lui la guardò di sguincio. – Cosa vuole?

– Be', veramente – disse Melissa. – Si dà il caso che questo sia il mio ufficio.

– Non lo è più.

– Cosa? – disse lei interdetta.

– Adesso è mio.

– Cosa? – disse Melissa.

Il giovanotto aggrottò le sopracciglia. – Non ci sente

bene, o non capisce la lingua? D'ora in poi, io userò questo ufficio... da solo.

Melissa deglutì a fatica. – Ma lei non può trasferirsi qui in questo modo!

– L'ho già fatto.

– E chi le ha dato il permesso?

– Il rettore della facoltà.

– Oh – disse Melissa.

Il giovanotto la guardò freddamente. – C'è altro?

La voce di Melissa era tremante. – Ma... tutti i miei archivi e gli appunti sono qua dentro.

– Non più – disse il giovanotto. Aprì uno dei cassetti della scrivania per farle vedere che era vuoto.

– I miei archivi! – gridò Melissa. – I miei appunti! Che ne ha fatto?

– Niente – disse il giovanotto seccamente. – Non li ho toccati. Un tizio grasso e polveroso che fa il rumore di un topolino meccanico li ha portati via.

– Vuol dire il professor Sley Mynick?

Il giovanotto scosse le spalle. Aveva le spalle quadrate.

Melissa tirò un profondo sospiro. – Guardi, c'è un errore, e non mi importa cosa le ha detto il rettore. Questo ufficio è mio. È stato assegnato a me. E lei non ha alcun diritto di entrare così e prenderselo.

– Qual è la sua materia? – chiese il giovanotto con aria indifferente.

– Antropologia.

– Oh, sono tutte sciocchezze. Non ha bisogno di un ufficio particolare. Vada a cercarsene un altro.

Melissa deglutì ancora. – E qual è la sua materia?

– Meteorologia.

– Ah – disse Melissa indignata. – E come mai avrebbe bisogno proprio di questo ufficio per quella?

Il giovanotto indicò il soffitto col pollice. – C'è una botola che va ci sopra. I miei strumenti sono sul tetto.

– Quali strumenti? – chiese Melissa. – Credevo che usassero la sfera di cristallo per fare le previsioni del tempo.

Il giovanotto non rispose. Arricciò le labbra. Si chinò

e picchiettò sulla cartina. Stava aspettando ansiosamente che Melissa se ne andasse.

Lei cambiò tattica. – Ascolti – disse sorridendo – io voglio veramente questo ufficio. Proprio questo. Mi piace. E sono arrivata prima. Cerchiamo di metterci d'accordo.

– No.

Il sorriso di Melissa svanì. – Accidenti a lei allora, arrogante imitazione di una statua greca. Questo ufficio è l'unico dell'edificio che abbia un bagno per signore privato. Pensa che io possa venire a bussare qua e chiedere permesso ogni volta che... insomma, ogni volta?

– Certo che no. Io devo fare un sacco di calcoli ed è importante che non venga interrotto a metà quando sto misurando una perturbazione. Dovrà arrangiarsi in qualche altro modo.

Melissa aspirò col naso rumorosamente e lo fissò. Anche lui la fissava.

– Io l'ho già vista da qualche parte! – sbottò Melissa in tono accusatorio.

Con suo sommo stupore, egli si rattrappì. Proprio così. Lo squadrò intuendo il proprio vantaggio, ma non sapendo a cosa fosse dovuto.

– Già – disse, sentendosi a proprio agio. – So di averla vista da qualche parte, prima d'ora. La sua faccia è molto familiare.

Era arrossito e molto imbarazzato. Il colore gli saliva in ondate rosse dal colletto della camicia.

– Come si chiama? – domandò Melissa.

Lui si inumidì le labbra. – Eric Trent.

Il nome non le ricordava nulla. Era perplessa.

Eric Trent lo capì e trasse un lungo respiro. – Se non le dispiace, vorrei proseguire il mio lavoro. Buona giornata.

Melissa frugò freneticamente nella sua testa in cerca di ispirazione. Non la trovò. – Va bene. – Con uno scatto improvviso, protese in avanti la mano con l'indice puntato rigidamente. – Ma mi ricorderò dove l'ho vista! E allora vedrà!

Tornò nel corridoio e sbatté con forza la porta. Poi,

con passo marziale ridiscese le scale e tornò nell'atrio del pianterreno fino alla porta dell'ufficio di fronte al più grande dei laboratori di chimica. Bussò vigorosamente al battente nero e screpolato. Nessuno rispose.

Provò con impazienza ad aprire la maniglia. Scattò e lei potè aprire la porta e guardare nell'ufficio. Era più grande e considerevolmente più in disordine del suo, la polvere danzava e brillava inquieta nei raggi di sole che si facevano strada attraverso le strette finestre. Non si vedeva nessuno.

Melissa chiuse la porta, poi ebbe una sensazione improvvisa e la riaprì di colpo. Sorprese il professor Sley Mynick nell'atto di strisciare cautamente da sotto la scrivania. Egli rimase raggelato in quella posizione, sulle mani e sulle ginocchia ed emise dei soffocati rumori pigolanti.

Sembrava incastrato perché non era senz'altro un uomo mingherlino e lo spazio in cui si era infilato era almeno di tre misure troppo piccolo. Era grosso, senza dubbio, bianco come un pesce e viscidamente grasso, tuttavia, nonostante la sua mole, i suoi baffoni neri e folti sembravano eccessivi e Melissa ebbe l'impressione che fossero i baffi a portare in giro lui, volente o nolente. Era calvo e portava degli occhialetti senza montatura le cui lenti erano così spesse da sembrare opache.

– Buongiorno, professore – disse Melissa.

– Oh – disse il professor Sley Mynick. – Sì, lo è. Buono, voglio dire. O no?

Era strano sentire una vocetta così pigolante uscire da un corpo tanto paffuto. Con grandissimo sforzo, il professore si districò dalla trappola in cui si era ficcato.

– Che stava facendo sotto la scrivania? – chiese Melissa.

– Scrivania? – ripeté inespressivo il professor Sley Mynick. Parlava con un accento che dava alle sue parole una leggera intonazione singhiozzante. – Sotto? Oh, la mia penna stilografica. Cioè, è caduta e rotolata sotto, penso. O no?

– No. – disse Melissa. – Lei si stava nascondendo.

– Io? – disse il professor Sley Mynick stupefatto.
– Sì, lei.
– Da... da che cosa?
– Da me.
– Perché mai?
– Perché lei è il professore più anziano dell'edificio ed ha il compito di assegnare gli uffici.
– Oddio – disse il professor Sley Mynick.
– Già – disse Melissa – ha intenzione di dare il mio ufficio a quel damerino idiota di sopra?
– Non è un idiota. È un meteorologo. È la scienza del tempo, tempeste, clima, eccetera. È un lavoro molto importante. Lui ha detto così.
– Non mi interessa cosa ha detto. Risponda alla mia domanda. Perché gli ha dato il mio ufficio?
– Ah, quello – disse il professor Sley Mynick. – Il rettore! T. Ballard Bestwyck. Il rettore dell'università. Lui è in contatto con la gente ricca, faccia a faccia, e quelli a volte gli danno del denaro. Il che è molto importante. Lui ha scritto una lettera. A me, personalmente. Ha detto che l'idiota... il meteorologo, cioè, doveva avere un ufficio in questo edificio. La troverò. La lettera. È proprio qui. O no? – Sprofondò con aria indaffarata tra le carte sulla sua scrivania.
– Non mi importa della lettera – gli disse Melissa.
– Perché ha dato a quella specie di bagnino il mio ufficio?
– Lui ha detto che lo voleva.
– Oh, davvero? Ed era una ragione sufficiente?
– Sì – ammise il professor Sley Mynick. – Cioè, è un giovanotto molto bello, ma temo non sia molto gentile. Ringhia. Non è vero?
– Sì – disse Melissa sospirando. – Va bene, professore. Ha pensato per caso ad assegnarmi un altro ufficio?
– Ma certo! – disse Sley Mynick. – Il numero cinque. Tutti i suoi archivi e appunti sono là. Sono stato molto attento. Le piacerà il numero cinque. È carino. O no?
– Non lo è affatto! Puzza!
Melissa stava dicendo una sacrosanta verità. Il numero

cinque occupava un angolo di uno dei laboratori di chimica e le pareti divisorie erano porose. È una questione controversa se gli studenti amino produrre cattivi odori perché studiano chimica o se studino chimica per produrre cattivi odori. In ogni caso, producono cattivi odori.

– Non è giusto – disse Melissa. – Tutta questa faccenda è un'ingiustizia. E lei lo sa, vero?

– Oddio – disse il professor Sley Mynick.

– E sa cosa farò uno di questi bei giorni?

– Cosa? – chiese il professor Sley Mynick.

– Sputerò dritto in uno dei suoi splendidi occhi!

– Oh – disse il professor Sley Mynick, profondamente turbato.

Melissa sbatté la porta e si diresse lungo il corridoio nell'approssimativa direzione dell'ufficio numero cinque. Aveva fatto circa dieci passi, quando qualcosa strisciò furtivamente nell'ombra. Melissa si fermò e sobbalzò. Era ancora troppo presto perché gli studenti gironzolassero da quelle parti, e in ogni caso quello che aveva visto non si poteva scambiare per uno di loro.

Era un cane. Era il cane più enorme che Melissa avesse mai visto. Stava seduto in mezzo al corridoio proprio di fronte a lei, rilassato e altero e la stava squadrando dalla testa ai piedi in una maniera che non era lontana dall'essere insultante.

Melissa trattenne il respiro. – Uhuh, ciao – disse timidamente. Schioccò le dita in un debole tentativo di apparire amichevole.

Il cane studiò le sue dita come se non ne avesse mai viste prima e non gli interessasse vederne altre in futuro. Era un danese gigante di colore fulvo.

– Salve – disse una voce.

Melissa si guardò intorno. Un uomo stava appoggiato alla parete e la guardava. Non c'era due secondi prima. Era basso, rotondetto e carino. Indossava un gessato a doppio petto blu con i baveri troppo grandi e un cappello blu scuro. Aveva un sorriso innocente e cordiale e una faccia tonda, liscia e rosea. Mosse la testa per indicare il cane e disse:

– Lo uso come esca. Mentre la gente rimane a bocca aperta davanti a lui, io sguscio da dietro e li acchiappo.

– Li a... acchiappa? – ripeté Melissa, indietreggiando intimidita.

– È il nostro gergo – spiegò l'uomo. – Voglio dire, li arresto. Sono un investigatore. E lei chi è?

– Un'antropologa.

– Oh – disse l'uomo. – Studia le scimmie e cose simili?

– No! Certo che no! L'antropologia è lo studio della razza umana. Studiamo le scimmie solo perché da loro si possono imparare molte cose sugli uomini.

– Penso che sia vero – disse lui. – Mi chiamo Doan. E lei?

– Melissa Gregory.

– Piacere – disse Doan. – Quello davanti a lei è Carstairs. Lavora con me, cioè, quando non lavora contro di me o non lavora affatto.

– Sembra proprio un bravo cane.

– Questo è ciò che sembra – convenne Doan. – Devo darle un avvertimento.

– Un cosa? – chiese Melissa fissandolo.

– Un consiglio. Lasci in pace l'uccellino nel suo ufficio. Non è in vendita e nemmeno da affittare.

– Cosa? – disse Melissa.

– Eric Trent – spiegò Doan. – Non lo deve toccare.

– Cosa? – disse Melissa.

Doan sospirò. – Non deve fare delle *avances* a Eric Trent. Proibito.

Melissa strinse gli occhi. – Non credo di afferrare l'idea che mi sta presentando. Cerchi di elaborarla.

– È semplice – le disse Doan. – Impedisco alle donne di avere storie d'amore con Eric Trent.

– E perché?

– Perché sono stato ingaggiato per farlo. E mi creda, è un lavoro a tempo pieno. Le donne cascano ai suoi piedi a sciami. O meglio, cadrebbero, se non lo impedissi.

– Capisco le parole che sta dicendo – disse Melissa – ma non mi sembra che abbiano alcun senso. Mi sta seriamente dicendo che questo... questa persona ha una guardia del corpo per impedire che le donne si innamorino di lui?

– Esatto – confermò Doan. – E io sono la guardia.

Melissa scosse la testa incredula. – E perché mai? Voglio dire, capisco, tanto per parlare, che ci possano essere una o due donne al mondo tanto insensibili o sciocche da desiderare quell'imbecille insolente, ma sono del tipo che se lo meriterebbero se lo avessero. Perché lui, o lei, vi preoccupate per loro?

– Non ce ne preoccupiamo noi – disse Doan – ma sua moglie.

– Oh, è sposato?

– Eccome.

– Mmm – disse Melissa. – Dunque, aspetti un momento. Sto cercando di capire. Lei ha la spudorata insolenza di avvertirmi che... penso che le darò uno schiaffo.

– Non lo faccia – le consigliò Doan. – Carstairs la morderebbe se lo facesse. Non che gli importi di me, ma sarebbe come una specie di riflesso per lui.

Melissa guardò Carstairs. Era steso per terra ad occhi chiusi.

– Non si faccia ingannare – disse Doan. – È pronto a scattare all'istante. Finge solamente di non essere attento.

– Mmm – disse Melissa. – Sa, c'è qualcosa di ripugnantemente affascinante in tutto ciò, sono certa di aver già visto questo Trent da qualche parte, ma non riesco a ricordare dove. Lei ha idea di dove potrei averlo visto?

– Sì – disse Doan.

– Dove?

– Sua moglie è Heloise di Hollywood.

– Heloise – ripeté Melissa – di Hollywood. Aah!

– Ah – confermò Doan.

– Aspetti – disse Melissa. – Aspetti un attimo... Ho capito! Lui è il Bell'Amante!

– Già – disse Doan.

– Rimanga lì – gli ordinò Melissa. – Torno subito!

Corse lungo il corridoio e attraversò l'odorosa oscurità del laboratorio. La porta del numero cinque era aperta e i suoi appunti erano sistemati in una ordinata confusione sul pavimento e sulla scrivania incurvata. Melissa scavò tra essi facendo volare frammenti di lezioni da tutte le parti finché trovò l'ultimo numero di una grande e lucida rivista femminile assai popolare. Tornò trotterellando nel corridoio, sfogliando avidamente le pagine della rivista.

– Aspetti, sa – disse. – Sono sicura che ce n'è una... Eccola!

Era una pubblicità a tutta pagina. Nell'angolo superiore sinistro c'era una fotografia di un giovanotto molto bello con l'uniforme bianca degli ufficiali di Marina. Quel giovanotto era proprio Eric Trent. Sotto la fotografia c'era un messaggio scritto con un'artistica e svolazzante calligrafia: «...è ardito per me sopportare il pensiero dei giorni infiniti e tediosi che in qualche modo dovrò far trascorrere prima di essere di nuovo al sicuro nel paradisiaco semicerchio delle tue braccia forti... ma so qual è il mio dovere, tesoro... e manterrò viva la bellezza che ti ha affascinato... la manterrò viva e vivida fino al tuo ritorno, mio Bell'Amante».

– Questo non le fa pensare di aver preso un pesce morto? – chiese Melissa.

– Qualcosa del genere – convenne Doan.

– Pensavo fosse solo una trovata pubblicitaria – disse Melissa, – non credevo che ci fosse qualcuno al mondo con tanto stomaco da indirizzare una cosa così smielata ad una persona reale e per giunta pubblicamente. E questa anche è una foto vera di Heloise di Hollywood?

– Sì – disse Doan.

Una seconda fotografia, grande tre volte quella di Eric Trent, riempiva la parte inferiore destra della pubblicità. Era un donna. Era presa di profilo con la testa reclinata all'indietro per mettere in evidenza la linea lunga e sottile del collo. Aveva i capelli biondi. Una bellezza fredda e liscia. Sembrava artificiale, ma altrettanto ben disegnata, come un'orchidea di cera. Sotto la sua fotografia c'era un altro messaggio, ma questo era in caratteri di stampa e non come una calligrafia: «Heloise di

Hollywood, una ragazza di cinquantaquattro anni, all'apice supremo delle sue grazie e della sua matura bellezza, padrona di sé, sicura, affascinante, attende con serena fiducia il ritorno del suo giovane eroico marito. Heloise di Hollywood possiede il fascino che è riservato e facilmente ottenuto come diritto dalla Donna Sopra i Quaranta. La Ricetta della Bellezza di Heloise di Hollywood, specifica per le donne nella loro maturità, può essere vostra in tutti i negozi assolutamente esclusivi di tutta la nazione...».

Melissa buttò indietro la testa con aria inquisitoria. – Cinquantaquattro? Ed è così?

– Più o meno – disse Doan.

– E l'ha ingaggiata per controllare suo marito?

– Sì – ammise Doan.

– Non riesco ancora a capire perché. Non mi sembra logico. Non è il tipo di cosa che farebbe una persona normale.

Doan scosse le spalle. – Oh, io sono solo un occhio in più.

Melissa lo guardò incuriosita. – Che ci fa qui Trent? Quella robaccia nauseante che Heloise di Hollywood vende è ammucchiata a cataste in ogni grande magazzino della nazione, ed è cara. Lei deve essere miliardaria, ed io ho una certa idea di quanto sia il salario di Trent. L'ha scaricato?

– No – disse Doan.

– Oh, oh! – disse Melissa all'improvviso. – Adesso ci sono! Lui l'ha piantata!

– No – disse annoiato Doan.

– Ma sì! Questo spiega tutto. – Melissa picchiettò sulla scrivania.

– Lei è apparsa in centinaia di queste pubblicità su tutte le grandi riviste femminili negli ultimi due anni. In ognuna c'è una fotografia e un qualche mieloso messaggio al Bell'Amante. Deve aver speso milioni per promuovere questo aspetto.

– Non si può sapere – disse Doan.

– Sì che si sa. Il punto centrale della campagna era ed

è che se si ha qualunque età sotto i novanta e si usa il suo prodotto, si può diventare irresistibili per gli uomini, proprio come lo è lei! Sì, e ci si può procurare un marito bello e giovane come ha fatto lei!

– Forse si sbaglia – disse Doan.

– Non credo proprio. E ora lui l'ha piantata in asso nonostante tutto il suo fascino maturo. Ohoh! E così tutta la sua graziosa e bella campagna pubblicitaria sta per ritorcersi proprio contro di lei, dritto in faccia! Non mi sorprende che l'abbia ingaggiata per tenere le donne lontane da lui! Se lui si innamora di qualche sciocca ventenne ed intenta un'azione di divorzio a grandi titoli, lei non riuscirà più a vendere il suo prodotto nemmeno come olio da motore.

– Ha mai sentito parlare di diffamazione? – domandò Doan.

– Mmhmmh – disse Melissa. – Ma non mi impedisce di ridere di lui e di lei. Ed è proprio ciò che voglio fare. Ahahahah! Questa è solo una prova, in attesa di rivedere quel torvo gigolò di sopra.

– È una barzelletta? – chiese una voce. Apparteneva ad una donna. Aveva i capelli corti, lisci e accuratamente pettinati ed indossava un abito blu. Il suo volto era come a punta e culminava in un naso a becco che la faceva somigliare ad una sorta di aquila intelligente e in qualche modo sinistra in cerca di cibo.

– Oh, salve – disse Melissa. – Questo è Mr Doan. Mr Doan, Beulah Porter Cowys.

– Salve – disse Beulah Porter Cowys a Doan. – Che fa lei? Sembra troppo stupido per essere uno studente, se vuole scusare il riferimento.

– Va bene – disse Doan. – Lei è stata ingannata dalla mia aria investigativa. Assumo tale espressione per ingannare i criminali disperati. In realtà, sono molto intelligente, mi creda. Infatti, molte persone, me incluso, ritengono che io sia il miglior investigatore al mondo.

– Un investigatore – disse Beulah Porter Cowys. – Ora capisco... e cosa mai è quello?

– Un cane – le disse Doan.

– È morto?
– No. È solo annoiato.
– Si chiama Carstairs – si offrì Melissa.
– Gaaah – disse Beulah Porter Cowys. – Sarà. Io odio i cani.
– Perfetto – disse Doan – lui odia le persone.
– Era di lui che stavate ridendo? – chiese Beulah Porter Cowys a Melissa.
– No – disse Melissa. – Guarda, Beulah. Vedi questa fotografia? Il Bell'Amante? È di sopra.
– Che?
– Proprio così – le disse Melissa. – Veramente. Esiste davvero e nella realtà è sposato a questa Heloise. È un meteorologo, o almeno così dice. Non è terribile?
– Cosa c'è di terribile?
– Be', lei deve avere almeno il doppio della sua età.
– Proprio il doppio – disse Doan. – Lui ha ventisei anni.
– Ah! – disse Melissa.
– Melissa – disse Beulah Porter Cowys – hai mai provato a non smettere di pensare quando cominci a parlare?
– Che?
– Si dà il caso che io abbia quarantanove anni. Che c'è di così ripugnante in questo?
– Oh! – disse Melissa. – Be'... be'... be'... tu non ti sei presa un gigolò.
– Perché non me lo posso permettere.
– Suvvia, Beulah – disse Melissa. – Lo dici per dire. Ciò che volevo dire è che c'è qualcosa di brutto a pensare alle persone anziane che... che, insomma, che hanno certe idee.
– Ci sono alcuni anziani attori, maschi, che non sembrano d'accordo con te.
– Oh, quelli – disse Melissa. – Sono solo nevrotici sessuali. È una trasposizione del desiderio di giovinezza. Shirley Parker mi ha spiegato tutto a riguardo. È lo stesso tipo di bisogno che spinge dei vecchi disgustosi a spiare nelle palestre femminili delle scuole superiori.

– Shirley Parker – disse Beulah Porter Cowys – mi fa sempre venire la pelle d'oca in meno di cinque secondi netti. Fa sembrare la vita come un porcile incontrollato. Lei e le sue teorie freudiane sull'analisi motivazionale sono quanto basta per far rivoltare qualsiasi stomaco. Ciò che voglio sapere adesso è perché questo sedicente investigatore è da queste parti.

– Beulah – disse Melissa – questo è semplicemente strepitoso.

– Ricordi quanto le ho detto riguardo alla diffamazione – la ammonì Doan.

– Puah! Beulah, questa vecchia megera, cioè Heloise, lo ha ingaggiato per tenere le donne lontane dal suo grazioso maritino. Dico davvero. Non è uno spasso?

– Oh, non lo so – disse Beulah Porter Cowys. – Per quel che so sulla morale della giovane generazione... lo so eccome! Credo sia una buona idea.

– Oh, Beulah! Stai scherzando...

Qualcosa cadde producendo un suono tintinnante nel secondo laboratorio di chimica.

– È di nuovo quel dannato bidello che origlia! – sbottò arrabbiata Beulah Porter Cowys. – Morales! Venga qui.

Un uomo sgusciò fuori dal laboratorio e li guardò in modo artificialmente sorpreso. Era basso e tarchiato, e con le spalle apaticamente incurvate. Faceva ogni movimento come se fosse l'ultimo che gli veniva concesso e intendesse prolungarlo il più possibile. Portava un vecchio cappello nero, una camicia con fori strategici ed una tuta da lavoro tutta cascante sul dietro. Stava portando tre secchi di alluminio in una mano ed uno spazzolone per il pavimento sulla spalla.

– Salve, gente – disse con un tono di liquida pigrizia. – Vuole qualcosa da Maximilian Morales, no?

– No – confermò Beulah Porter Cowys. – Se ne vada da qualche altra parte.

– Un momento – intervenne Melissa. – Morales, può fare nulla per l'odore al numero cinque?

– Io? – disse Morales. – No.

– Sì che può. Può stuccare quei divisori, o qualcos'al-

tro. Almeno quel posto avrà un nuovo tipo di puzza.
– Stuccare? – disse Morales. – Io? Io ho otto figli, señorita.
– Che c'entra?
– Señorita, è molto dura avere otto figli. Rende un uomo stanco. Io, Maximilian Morales, sono stanco.
– Allora, smetta di fare bambini.
– Señorita, lei non è ragionevole.
– Otto figli sono abbastanza.
– No – disse Morales. – Mi perdoni, señorita, ma otto figli non sono abbastanza.
– Perché no?
– Perché nessuno di loro è buono a nulla. È per questo che devo sforzarmi per avere il nono. Forse sarà abbastanza intelligente da garantire una vecchiaia confortevole al suo onorevole padre e un lavoro per i suoi stupidi fratelli e sorelle. Non posso che sperare e continuare a provare.
– Per quanto? – chiese Beulah Porter Cowys.
Morales alzò stancamente le spalle. – Questo, ovviamente, diventa un problema cui si pensa spesso, alla nostra età.
– Allora, stia attento, Morales – lo consigliò Beulah Porter Cowys.
– Sto sempre attento, señorita. Diventa un modo di fare innato per uno della mia razza. Lei ha senz'altro sentito parlare della mia bis-bis-bisnonna?
– Molte volte.
Morales si rivolse cortesemente a Doan. – La mia bis-bis-bisnonna era tenuta in una certa favorevole considerazione dal grande Massimiliano, imperatore del Messico.
– Congratulazioni – disse Doan.
– Grazie, señor. È suo quel cane steso sul pavimento che è sotto la mia cura e responsabilità?
– Sì.
– È educato ad evitare... ehm... incidenti di natura intima?
– È molto bene educato – disse Doan.

– Mi sento sollevato, señor. È facile comprendere come con un cane di tale grandezza un incidente potrebbe sommergerci.
– Non si sbaglia mai.
– Allora merita dei complimenti. Ora, se volete scusarmi, torno ai miei doveri.
– Un momento – disse Melissa. – Non farà nulla per sistemare il numero cinque?
– Ovviamente no – disse Morales, e sparì nel laboratorio.
– Come mai all'improvviso ti interessi tanto al numero cinque? – chiese Beulah Porte Cowys.
– Il Bell'Amante si è appropriato del mio ufficio.
– E non hai protestato?
– Certo. È rimasto seduto a sogghignare.
– Sei andata da Sley Mynick?
Melissa scosse le spalle. – Sì, ma sai com'è. Evidentemente il Bell'Amante ha fatto la voce grossa con lui ed è bastato per farlo uscire per un giro.
– Sley Mynick è quel tipo grassoccio che pigola? – chiese Doan. – Ma che cos'ha? Si comporta come se avesse qualcuno alle calcagna.
– Ha paura dello spionaggio internazionale – disse Beulah Porter Cowys.
– Beulah – disse Melissa – non è carino prenderlo in giro. È un rifugiato, Mr Doan. È un ricercatore biologico molto brillante. Era professore in un'università vicino a Budapest con un nome che non riesco a pronunciare. Non so cosa abbia combinato, se ha fatto qualcosa, ma quando l'Ungheria è caduta nelle mani di Hitler, Sley Mynick è stato arrestato e mandato in un campo di concentramento. Devono averlo trattato in un modo orribile laggiù. Evidentemente il suo sistema nervoso è rimasto danneggiato.
– È scappato da là? – chiese Doan.
– No. Dopo averlo mezzo ammazzato, decisero che non era più pericoloso e lo lasciarono andare. Dopodiché, in un modo o nell'altro, riuscì ad uscire dall'Ungheria e a raggiungere il Messico. Poi, in attesa del visto sul pas-

saporto per entrare negli Stati Uniti, per poco non morì di fame. Una volta arrivato qua, cominciò a mangiare così tanto da diventare come un pallone. È stata dura per lui, ed è ancora così teso e nervoso che non riesce a fare lezione. Non gli piace incontrare gli sconosciuti e se qualcuno lo fissa comincia a scivolare dentro i propri vestiti. È un peccato, perché penso che dovesse essere un uomo simpatico prima che gli accadesse tutto ciò.

– Ad ogni modo era sempre un bravo biochimico – aggiunse Beulah Porter Cowys

– E lei cosa insegna? – chiese Doan.

– Fisica elementare, roba molto noiosa.

Un uomo arrivò di corsa salendo i gradini dell'ingresso e sbatté nel portone. Intuì che c'era qualcuno di fronte a lui e si fermò così velocemente che fece una specie di slittata e li sbirciò con l'aria avida dei miopi. Era tutto mani e piedi e lentiggini, i suoi capelli rossi erano accuratamente tirati e appiattiti all'indietro eccetto per tre ciuffetti dietro la nuca che erano distaccati e sembravano una siepe non potata. Distinse Melissa, sobbalzò ed emise un singulto imbarazzato.

– Oh! Salve, salve! Salve Melissa! Stavo giusto per fare un salto nel tuo ufficio per farti un salutino.

– Sarà meglio che tu lo faccia qua – gli consigliò Melissa. – Il mio ufficio è stato evacuato.

– Davvero?

– Sì. È caduto nelle mani del nemico.

– Che nemico?

– Un tizio conosciuto come il Bell'Amante, alias Eric Trent.

– Trent – disse il nuovo venuto. – Ah sì. È il nuovo meteorologo. L'ho conosciuto ieri a pranzo, in facoltà. È molto simpatico.

– Non lo è affatto!

– No? – chiese ansioso l'uomo.

– No! È un arrogante e... e un mascalzone!

– Davvero? – disse l'uomo. – È stato scortese con te, Melissa? Devo andare su e dargli un pugno in faccia?

– Non importa – disse Melissa. – Mr Doan, le presento

Frank Ames. È un assistente di inglese. Mr Doan è la guardia del corpo del Bell'Amante, Frank.

– Che stranezza – disse Ames con aria distratta.

– Melissa, non ti sei dimenticata, vero? Di stasera intendo. Il nostro appuntamento.

– No, Frank. Piuttosto cerca di non dimenticartene tu.

– Di certo io non potrei dimenticare nulla che riguardasse te o... oh! La tua lettera! – Cominciò a frugarsi nelle tasche. – Era nel tuo armadietto, su in amministrazione... l'ho messa da qualche parte per non perderla... eccola!

Melissa prese la lettera e l'aprì. – Guarda guarda. Una lettera personale dall'ufficio del rettore, scusate. È firmata da T. Ballard Bestwyck in persona, e col timbro... ooh ohh!

– Che c'è? – chiese Beulah Poter Cowys.

Melissa emise dei suoni incoerenti di frustrazione. – Dice che devo scambiare il mio appartamento al Pericles Pavillon con quel... quel... quel Bell'Amante, perché il mio è doppio e il suo singolo e lui ha bisogno di più spazio! Dopo che l'ho appena ridipinto! Non lo farò! Non-lo-farò!

– Oh, sì che lo farai – disse Beulah Porter Cowys.

– Perché dovrei? – chiese Melissa in tono di sfida.

– Perché te lo dice T. Ballard Bestwyck e T. Ballard Bestwyck siede alla destra di Dio.

– Dannazione! – disse Melissa. – Dannazione, dannazione, doppia dannazione!

La luna era alta, rossa, grassa e tonda in tutta la sua maestà, quando la piccola auto sportiva di Frank Ames si arrampicò su per la collina e si arrestò al marciapiede di fronte al Pericles Pavillon.

Frank Ames spense il motore. Deglutì, tirò tre profondi respiri, poi si voltò e fissò Melissa in modo estremamente concentrato. Melissa sospirò e si agitò leggermente sul sedile scivoloso. Sapeva cosa stava per succedere. Succedeva sempre.

– Melissa – disse Frank Ames – c'è una questione molto seria che vorrei sottoporre alla tua attenzione. Vorrei chiederti, implorarti...

– Grazie per la cena e per il cinema – disse Melissa.

– Niente – disse Frank Ames. – Voglio dire, è stato un piacere, ma non è questo che volevo...

– Mi sono divertita molto – gli disse Melissa.

– Che? Oh, grazie, ma Melissa, io sento che tu ed io siamo ideali per...

Melissa aprì la portiera. – Non disturbarti ad accompagnarmi, Frank. È tardi, so che sei stanco quanto lo sono io. Il primo giorno del quadrimestre è sempre una noia, vero?

– Che? Sì, sì è vero. Ma, Melissa, non ho avuto l'occasione di dirti quello che provo per...

– Buona notte, Frank – disse Melissa. – Devo proprio scappare.

– Ma... ma... ma...

– A domani! – disse Melissa.

– Oh, – disse Frank Ames triste. – Accidenti.

Melissa attraversò la strada di corsa. Il Pericles Pavillon, nonostante il suo altisonante nome classico, non era altro che un edificio di appartamenti, un po' rovinato e cadente. Non c'era motivo di tenerlo bene perché non aveva rivali ed inoltre non ci abitavano che pochi assistenti e lettori. Apparteneva all'università e, di conseguenza, ricadeva sotto la giurisdizione di T. Ballard Bestwyck il quale sosteneva la teoria per cui il pagamento del maggior affitto possibile dava diritto all'inquilino al minor *comfort* immaginabile. Per lui, infatti, era ovvio che nessuno, se non un idiota, avrebbe pagato un affitto.

Melissa spinse il portone cigolante ed entrò nell'atrio a forma di L, poi salì le scale consumate che portavano al piano superiore. Non aveva ancora traslocato dal suo appartamento. Sapeva che non c'era da discutere sul «se» se ne sarebbe andata, ma solo sul «quando». Nondimeno, era decisa a combattere ostinatamente almeno per ritardare tale avvenimento il più possibile.

Era proprio di fronte al suo appartamento, cercando

le chiavi nella borsetta, quando si accorse che la porta non era del tutto chiusa. Tirò lentamente il fiato. Pensò una gran quantità di insulti e li attribuì tutti a quella personalità conosciuta come il Bell'Amante.

Spinse con calma la porta e l'aprì. La luce nel salottino era spenta, l'arredamento appariva distorto e strano. La porta della camera era aperta e c'era luce, una luce tetra, bluastra e indistinta. Melissa sapeva che quella luce proveniva dalla lampadina che usava per leggere, applicata sulla testiera del letto. Cominciò a ribollire dentro al solo pensiero.

Attraversò il salottino in punta di piedi e si fermò alla porta della camera. La luce veniva effettivamente dalla sua lampada e si rifletteva sul copriletto a colori vivaci e sulla superficie lucida dell'orologio spagnolo sul suo comodino. Melissa vide, senza farci troppo caso, che le lancette dorate dell'orologio erano allineate esattamente sulla mezzanotte.

Davanti al suo armadio c'era un uomo in piedi che le dava le spalle. Melissa aprì la bocca, ma non parlò. C'era qualcosa di strano nell'uomo.

Melissa deglutì a fatica superando la tensione della propria gola. La testa dell'uomo era nera, tutta nera, ed appariva distorta, dietro, da un orribile bitorzolo nodoso. Anche le mani erano nere, una diversa tonalità di nero, lisce, lucide e rattrappite. Egli stava fissando un paio di calze di nylon di Melissa che si srotolavano flosce tra le sue dita nere e sgraziate.

L'orologio spagnolo emise un debole ronzio poi tintinnò col suo dolce, polveroso e rustico suono andaluso. L'uomo in nero fece un verso strozzato. Si voltò per metà e una delle sue mani luccicanti fece per raggiungere l'orologio.

– No! – gridò involontariamente Melissa.

L'uomo in nero finì di girarsi e se la trovò davanti. Melissa in quel momento capì a cosa era dovuto il nero della sua testa. Egli indossava una calza per coprirsi il volto, annodata sulla nuca. C'erano dei buchi per gli occhi attraverso i quali lui la fissava. Portava anche dei guanti di pelle nera.

L'uomo non fece alcun rumore. Melissa indietreggiò di un passo, poi lui si mosse andando verso di lei con una velocità diabolica e selvaggia.

Melissa urlò, una sola volta.

Capitolo secondo

Erano le undici e ventitré minuti quando Eric Trent chiuse il libro che stava leggendo con uno schiocco secco e disgustato e disse:

– Sto leggendo la stessa pagina da mezz'ora e non ci capisco nulla. Andiamo a farci una birra.

Doan era steso sul divanetto, con le braccia incrociate sul petto. Scattò a sedere e cominciò a cercare le scarpe.

– Questo è parlare – disse entusiasta.

Carstairs era spaparacchiato sul pavimento davanti alla porta. Si mise a sedere anche lui.

– Trent e io andiamo in biblioteca a prendere dei libri – gli disse Doan.

Carstairs lo guardò.

– Non assumere un'aria così scettica – urlò Doan. – Io so leggere. E i cani non sono ammessi nella biblioteca, quindi rilassati e mettiti giù di nuovo. Tu resterai qua.

Carstairs si alzò, girò la schiena e mise il naso contro la porta.

– Va bene, va bene – disse Doan. – Si sbrighi, Trent. In questo paese di galline i bar chiudono a mezzanotte.

Aprì la porta e Carstairs li precedette nel lungo corridoio. Questo appartamento era al terzo piano e non c'era ascensore. Non esistevano ascensori in nessuno degli edifici dell'università, ad eccezione di quelli frequentati da T. Ballard Bestwyck. Non voleva viziare le classi inferiori. Doan e Trent, sempre preceduti da Carstairs, scesero le scale e passarono per il piano dove abitava Melissa, poi giù al pianterreno e fuori attraverso l'ingresso.

La macchina di Trent, una piccola e trasandata berlina a due porte, era parcheggiata cinquanta metri più su, lungo il marciapiede di fronte al Pericles Pavillon. Doan aprì la portiera di destra e tirò in avanti il sedile.

– Vai dietro – ordinò. – Forza.

Carstairs si arrampicò dentro sfiduciato.

Doan rimise a posto il sedile e si infilò dentro. – Svelto. Sono le undici e mezzo.

Trent fece partire l'auto, attraversarono le strade residenziali, strette e tortuose, costeggiarono l'università ed infine sbucarono nel liscio ed ampio viale che portava a sud.

– C'è un posto – disse Doan. – Il Kerrigan's Klub Kar. Sotto quell'insegna al neon verde lì davanti.

– Va bene – disse Trent distrattamente. Portò la macchina nel parcheggio ghiaioso accanto all'edificio e parcheggiò.

– Lasci il finestrino leggermente abbassato, esca e chiuda la portiera – disse Doan in tono sbadato. Stava mezzo sdraiato sul sedile con le mani dietro la nuca.

Trent lo guardò incuriosito. – Okay.

Doan aspettò che la portiera di Trent fosse chiusa, poi fece scattare la serratura della sua col ginocchio. Con un solo, agile movimento, sfrecciò fuori dall'auto e sbatté la portiera dietro di sé. Non un secondo di troppo. Il grosso e umido muso di Carstairs sbatté contro il finestrino appena un istante dopo che la portiera si era chiusa. I suoi occhi fiammeggiarono nella loro direzione attraverso il vetro; erano malignamente verdognoli.

– Cosa c'è sotto? – chiese Trent.

– È astemio – spiegò Doan. – Odia gli alcolici. Non mi piace portarlo nei bar perché scatena un inferno. Ringhia ai clienti, abbaia al barista e cammina sui tavoli. Svelto, è mezzanotte meno venti.

Salirono tre scalini ed entrarono in una stanza lunga e tetra, col bancone che correva per tutta una parete. Il locale era vuoto, eccetto per il barista e un cliente espansivo. Questi li accolse con un saluto solitario ad alta voce.

– Ehilà! Salve amici! Un bicchiere, eh?

– Calma Bert – disse il barista.

– Io conosco quel tizio – disse Bert. – Sono sicuro di conoscerlo. Sono certo di aver visto la sua faccia un sacco di volte. Certo. Aspettate un momento. Non fatemi fretta. – Si avviò barcollando lungo il bancone – Ehi, amico! Io l'ho già vista, vero?

– Smettila, Bert – disse il barista.

– Urràh! – gridò Bert allegramente. – Ci sono! So dove l'ho visto! In quelle pubblicità di quella porcheria di crema per la faccia! Ma certo! Come va, piccolo vecchio Bell'Amante, carino? Yuhuuh!

Eric Trent lo colpì al collo col palmo della mano. Le giunture di Bert cedettero di lato. Cadde sul pavimento così pesantemente che rimbalzò. Poi non si mosse più.

– Ehi! – disse indignato il barista. – Che intenzioni ha? È il mio miglior cliente. Anche io ho riconosciuto la sua faccia. Se lei si vuole sposare una vecchia megera per i suoi soldi e sbandierarlo in tutte le riviste, non ha il diritto di offendersi se poi la gente la prende in giro. Cosa ha fatto a Bert?

– Questo – disse Trent.

La mandibola del barista cozzò contro il bancone, poi egli scivolò lentamente e dolcemente sotto e non si vide più.

– Andiamocene da qua – disse Trent.

– Penso che sia una buona idea – convenne malvolentieri Doan, lanciando uno sguardo all'orologio elettrico dietro il bancone.

Era mezzanotte meno tredici.

Uscirono e Doan aprì la portiera sinistra della berlina.

– E smettila di ringhiare – ordinò. – Non abbiamo bevuto nulla, nemmeno una birra. Stai dietro.

Carstairs scavalcò il sedile mugolando tra sé e sé.

Doan entrò. – Dobbiamo sbrigarci – disse. – È quasi mezzanotte.

Trent avviò il motore. – Non ho più sete.

– Be', io sì – disse Doan. – Guidi veloce e troviamo un posto dove possiamo farci una pinta.

Trent ritornò sul viale. – Ho una bottiglia a casa, può bere quella.

– Dove? – chiese Doan. – Ho frugato l'appartamento da cima a fondo, l'altra mattina, quando mi era venuto un improvviso mal di testa.

– Il grande libro verde nella mia libreria, quello con le scritte in greco è finto. C'è un buco dentro. E un mezzo litro di bourbon.

– Non mi dica – disse Doan. – E possiede dell'altra letteratura di quel genere?

– No. Non avrei neppure quella se non per il fatto che mia moglie me l'ha regalata.

– È molto carina con lei – gli disse Doan. – Non solo le regala una bottiglia, ma le procura anche un tizio di nome Doan per berla.

– Sì – disse Trent.

Attraversarono di nuovo le tortuose strade della zona residenziale. Trent parcheggiò di fianco al marciapiede davanti al Pericles Pavillon, come prima. I garage sono una ostentazione nella California del sud e ce li hanno solo coloro che vogliono fare colpo, o che non si fidano dei vicini.

– Vieni, stupido – disse Doan, tenendo aperta la portiera per Carstairs.

Erano tutti e tre sulle scale dell'edificio quando le campane del campanile della cappella dell'università cominciarono a rimbombare cupamente.

– Mezzanotte – disse Doan, entrando nell'ingresso – e tutto va bene.

Poi, tutti e tre si fermarono all'improvviso.

– Che è stato? – chiese Trent.

– Un grido di donna – disse Doan. – Ci deve essere uno che maltratta le donne nascosto da qualche parte di questa topaia.

Guardava Carstairs. Carstairs teneva la testa sollevata, all'erta. Le sue orecchie erano drizzate in avanti, e il muscolo sotto la sua spalla fremeva nervosamente.

– Trovalo – disse Doan.

Carstairs e Doan si mossero così velocemente da mettere in evidenza i piedi piatti di Trent. Carstairs era già in cima alla prima rampa di scale, Doan era a metà e Trent doveva ancora partire. Corse affannosamente dietro di loro, facendo tre scalini alla volta. Girò nel corridoio in cima.

Doan ne aveva percorso metà e stava di fronte alla porta aperta di un appartamento. Aveva infilato la mano destra dentro la giacca. Trent arrancò dietro di lui e guardò da sopra le sue spalle.

Melissa giaceva in un mucchietto disordinato sul pavimento del salottino. Aveva gli occhi chiusi e la bocca aperta, le sue gambe erano stese scompostamente. Carstairs era appena dentro e la guardava con la testa bassa e una delle sue zampone sollevata.

– Cosa? – disse Trent. – Che è successo?... Ehi, questa è la ragazza poco attraente che voleva che le dessi il mio ufficio! Che ha fatto? Che le è successo?

– Qualcuno l'ha colpita alla mascella – disse Doan con aria indifferente. – E l'ha stesa. Vede, il tacco le è rimasto sulla porta della camera.

Trent guardò il tacco, poi guardò Melissa. – Be', non è poi brutta. – Si guardò intorno e attraversò la stanza. – In effetti, guardandola dalla prospettiva giusta, è piuttosto carina. C'è stato un tempo in cui avrei approfittato di una situazione simile. Ma, naturalmente, la preferirei sveglia.

– Già – disse Doan – da quel che so, da sveglia è lei a non preferirla.

Carstairs si spostò di lato per guardare Doan con un'occhiata inquisitoria.

Doan annuì. – Sì. Troviamo l'uccellino che ha suonato l'ora.

Carstairs andò nel corridoio, sempre guardando Doan.

– Avanti – disse Doan. –Trovalo.

Carstairs scattò come una freccia lungo il corridoio verso la parte posteriore dell'edificio.

– Tiri su la bambola e la rimetta in piedi – disse Doan a Trent. – Noi abbiamo da fare.

Doan si voltò e corse giù per le scale. Nell'atrio, inchiodò per ascoltare. Nella mano destra teneva una calibro 38 di ordinanza.

Carstairs abbaiò dal retro dell'edificio.

– Sì – disse Doan.

Corse in quella direzione attraverso il corridoio del pianterreno, sgusciò intorno all'angolo con la pistola in mano e puntò. Carstairs era in piedi addossato ad una porta chiusa più avanti e grattava i battenti con gli unghioni di entrambe le zampe anteriori.

– Va via – disse Doan, spingendolo di lato con la spalla. – Questa è la cantina, credo. Attento.

Aprì la porta, tirandola a sé e rimanendo in parte dietro di essa. Dall'altra parte non c'era altro che una profonda oscurità. Carstairs volò dentro letteralmente con le ali ai piedi. Si udì un rotolio e un tonfo quando colpì il pavimento sotto, poi il raspare delle unghie sul cemento.

– Aspetta che trovi la luce, scemo – gli ordinò Doan.

Carstairs cominciò a uggiolare con furiosa frustrazione.

– Va bene – disse Doan.

Si addentrò nel buio, localizzò gli scalini sotto i suoi piedi, inciampò e scivolò giù agitando selvaggiamente le braccia sopra la testa. Arrivò in fondo e cadde a testa avanti sopra qualcosa che tintinnò e rotolò con suono metallico.

Carstairs stava facendo un baccano infernale da qualche parte davanti a lui.

Doan si rialzò e procedette alla cieca finché non sbatté su Carstairs e poi su un'altra porta chiusa. Trovò la maniglia e aprì. L'aria fresca gli soffiò in faccia e Carstairs saltò con un balzo una mezza rampa di scalini di cemento e si trovò all'aperto. Doan lo seguì di corsa e uscì nel cortile posteriore dell'edificio. Era circondato da un muro alto e spesso.

Alla destra di Doan, nell'oscurità, c'era un'apertura,

lui si diresse in quella direzione. Un filo per i panni gli sfiorò la testa in modo soprannaturale, egli si buttò attraverso l'apertura e inciampò nella sconnessa pavimentazione di un vicoletto. Carstairs formava un'ombra immobile e dalle lunghe gambe tre metri avanti a lui. Ringhiò disgustato verso Doan.

– L'abbiamo perso, eh? – disse Doan. – Be', non stare lì coi denti in bocca. Vai più in là e cerca tra i cespugli laggiù. Forza. Muoviti.

Carstairs svanì in silenzio nel buio.

Doan cominciò a camminare cautamente lungo il vicolo, scivolando in silenzio, con la testa mezza voltata per poter vedere in entrambe le direzioni, e controllando ogni ombra. Aveva percorso circa venti metri, quando qualcosa sospirò malignamente vicino al suo orecchio, qualcos'altro contorse il polsino della sua giacca e un terzo qualcosa tirò una linea attraverso il palo del telefono che lui stava toccando con la mano sinistra.

In quel momento, Doan stava cadendo, e mentre cadeva sentì i colpi, tre, ravvicinati, ma acuti e molto distinti. Si appiattì al suolo, nascondendo la faccia nell'incavo del gomito piegato. Imprecava tra sé e sé in un basso tono borbottante.

Carstairs arrivò lungo il vicolo, correndo basso e velocissimo ed emettendo dei furiosi grugniti. Doan tirò fuori un braccio e lo afferrò a metà delle zampe anteriori. Carstairs fece una capriola completa per aria e cadde sulla schiena di botto con uno strozzato – Whooompf.

Doan saltò in avanti e cadde su di lui. – Stai giù! – Rantolò. – Fermo!

Rimasero distesi in un rigido ed immobile groviglio. Nel giro di pochi secondi, il motore di una macchina rombò da qualche parte lì vicino. La marcia venne ingranata e le gomme emisero un lungo sibilo di protesta mentre l'auto svoltava l'angolo. Il rumore svanì lontano.

– Wow – disse Doan sottovoce, rimettendosi seduto.

Anche Carstairs si sedette e lo fissò.

– Rilassati – disse Doan. – Perché fai delle cose così

stupide? Quel tipo aveva una pistola e di sicuro sapeva usarla. Era proprio dietro quel lampione lì davanti. Se tu fossi corso sotto quel lampione, ti avrebbe beccato come una papera su una roccia.

Carstairs grugnì.

– Lo stesso a te – disse Doan. – Certo è un bel ringraziamento per tutte le cure e le attenzioni in cui mi prodigo per... Che hai ora?

Carstairs gorgogliò nel profondo della gola. Teneva la testa voltata dalla parte opposta di Doan e fissava un bidoncino dell'immondizia sull'altro lato del vicolo. Il coperchio del bidone era stranamente sollevato da una parte.

Doan scattò immediatamente in piedi. Il calcio della sua pistola fece un morbido e metallico «clic».

– Esci di lì – disse.

Non ci fu risposta, non un suono.

Doan si avvicinò al bidone, aggirandolo. Quando fu vicino, mise il piede destro sulla parte superiore e la sollevò. Il coperchio cadde da una parte con un fragore metallico. Il bidone perse l'equilibrio e si abbatté pesantemente su un fianco.

Il respiro di Doan sibilava attraverso i suoi denti. Un piede uscì dall'apertura del bidone: era il piede di un uomo, con una scarpa da ginnastica nera. Era sinistramente floscio. E non si mosse.

Chinandosi all'istante, Doan l'afferrò e lo tirò forte. Il resto del corpo scivolò fuori dal bidone con facilità.

– Oh che carino – disse Doan. – Fantastico.

Trovò un fiammifero e lo accese con l'unghia del pollice. La gola dell'uomo era stata tagliata con un abile colpo netto che cominciava sotto l'orecchio, scendeva giù e l'attraversava tutta. La faccia era tutta imbrattata di sangue, ma Doan lo riconobbe subito. Era Frank Ames. Ed era morto.

Doan lasciò cadere il fiammifero e fece un cenno solenne a Carstairs.

– L'uccel di bosco che andavamo inseguendo allegramente ha con sé un coltello e una pistola, e lavora assai accuratamente con entrambi. Non credo che ci dovremmo curare di conoscerlo meglio, ma temo che saremo costretti a farlo.

Carstairs cominciò a grattarsi.

Doan e Carstairs rientrarono nell'edificio dalla porta principale. L'atrio era vuoto e tetro come prima e come sarebbe stato in futuro; si stavano dirigendo verso le scale, quando la prima porta del corridoio al pianterreno si aprì e due facce sbirciarono verso di loro.

Cioè, Doan vide due facce. O meglio, vide una faccia moltiplicata per due, una sopra all'altra. Una cosa magica. Le due facce erano l'esatto duplicato l'una dell'altra. Paffute, rosee, femminili e di mezza età. Avevano i capelli grigi intrecciati e legati con nastri blu. Degli occhi azzurri e spaventati che scrutavano Doan attraverso due paia di occhiali identici a pinza.

I peli sulla nuca di Doan si drizzarono e pizzicarono in segno di allarme. Carstairs emise un rumore di sorpresa col naso e si nascose dietro le gambe di Doan.

– Salve – dissero le facce.

Doan deglutì. – Salve – disse debolmente.

– Noi siamo le signorine Aldrich – dissero le facce.

– Siete... siete due? – chiese Doan.

– Sì. Siamo gemelle.

– Ah – disse Doan riprendendo a respirare normalmente. Guardò in basso dietro di sé verso Carstairs. – Sei un grande codardo.

– Siamo specializzate – dissero le Aldrich in un affascinante unisono – in condizionamento emotivo e sociale nei bambini in età pre-scolare. Insegnamo questo. Agli studenti di pedagogia.

– Capisco – disse Doan.

– Abbiamo sentito dei rumori. Delle grida e delle urla molto forti. Eravamo spaventate.

– Mi dispiace – disse Doan.

– Pensiamo anche di aver sentito dei colpi di pistola. Pensa di aver sentito anche lei dei colpi di pistola?

– Sì – disse Doan, – penso di sì.

– Pensa che ci potrebbe essere qualcuno ubriaco in giro per l'edificio?

– Non saprei – disse Doan.

– Pensa che siamo in pericolo?

– Non credo – disse Doan.

– Grazie – dissero le signorine Aldrich – per averci rassicurate. Lei è molto gentile.

– Grazie a voi – disse Doan.

– Lei ha un cane molto grande.

– Sì – ammise Doan. – Purtroppo.

– Noi non abbiamo un cane.

– Siete fortunate.

– Ma ci piacciono molto i cani. Sarebbe così gentile da permetterci di coccolare il suo cane in un momento più appropriato, magari?

– Certo – disse Doan – ma, naturalmente, ciò che conta è se lui sarà così gentile. Non gli piace essere coccolato. Pensa che lo sminuisca. E ora, se volete scusarmi, andrò di sopra a dare un'occhiata più ravvicinata alla questione delle urla.

– Stia molto attento.

– Lo farò.

– Buona notte.

– Buona notte – disse Doan.

Diede un colpetto a Carstairs col ginocchio e insieme salirono le scale e percorsero il corridoio fino all'appartamento di Melissa. La porta era accostata, Doan la spinse per aprirla e guardò dentro.

Melissa era distesa sul divanetto, sostenuta da alcuni cuscini imbottiti. I capelli le cadevano disordinatamente sgocciolanti sulle guance ed il suo mascara era colato giù in strisce futuriste. Appariva abbastanza ripugnante. Si teneva una borsa del ghiaccio sulla parte sinistra del viso e nell'altra mano teneva un grande bicchiere contenente un liquido dall'aspetto estremamente potente. Sorseggiava il liquido con piccoli rumori singhiozzanti e fissava Doan. I suoi occhi non sembravano mettere a fuoco con molta efficienza.

Beulah Porter Cowys era chinata su di lei, sistemava i

cuscini ed emetteva dei suoni chioccianti che dovevano servire per calmarla. Eric Trent era in piedi, appoggiato alla parete opposta. Cercava di apparire a suo agio e di trovare un posto dove mettere le mani.

– Bene! – disse Beulah Porter Cowys. – Il grande investigatore scomparso! Dove è stato tutto questo tempo? A nascondersi in un oscuro sgabuzzino?

– No – disse Doan – ma c'è stato un momento in cui avrei desiderato averne uno dove nascondermi. – Fece un cenno a Melissa. – Come si sente, adesso?

– Come pensa che mi senta?

Beulah Porter Cowys disse: – Quest'imbecille decorativo le ha tirato un barile d'acqua sulla faccia.

– Era un bicchiere d'acqua – la corresse freddamente Trent.

– Era comunque troppa.

– Ho pensato fosse il rimedio in un caso di semi shock.

– Be', la smetta di pensare – gli consigliò Beulah Porter Cowys. – Non ha l'attrezzatura adatta per farlo.

– Semi shock! – fece pesantemente eco Melissa. – Ma di che sta parlando? Non sono svenuta. Sono stata messa K.O.

– Mi dispiace – disse Trent. – Stavo cercando di aiutarla nel miglior modo che conoscessi.

– Ah sì? E adesso che sta facendo qua? Se ne va in giro a gettare acqua sulla gente? Suppongo che pensi di potermi buttare fuori dal mio appartamento mentre sono troppo debole per resistere.

– Che? – disse Trent inespressivo.

– Oh, la smetta di fare l'innocentino. Sono già abbastanza nauseata.

– Non so di cosa sta parlando – le disse Trent.

– Non è importante, adesso, vero? – disse velocemente Doan. – Insomma, c'è la questione di questo predone da sistemare.

Trent lo guardò. – Ho sentito degli spari. Gli ha sparato?

– No – disse Doan. – Lui ha sparato a me.

– Ma caspiterina – disse Beulah Porter Cowys. – Probabilmente non era altro che lo scoppiettìo del motore di un'auto.

– In tal caso, nello scappamento di quell'auto ci sono delle pallottole – le disse Doan. – E non è tutto. Temo che dovremo chiamare la polizia.

– L'ho già fatto – disse Trent. – Per prima cosa.

– Mmh – grugnì Doan. – Quale polizia ha chiamato?

– L'ufficio dello sceriffo, la stazione dell'università.

– Oh... oh – disse Doan – oh oh oh.

– Qual è il problema? – chiese Trent.

– L'ufficiale capo lì è un certo Humphrey. E non gli piaccio per niente.

– Perché no? – chiese Beulah Porter Cowys. – A parte per il fatto che farsi piacere lei è una cosa piuttosto difficile.

– È molto gentile a dire questo – disse Doan. – Humphrey ce l'ha con me perché odia Carstairs. Carstairs passa i nove decimi del suo tempo nel rendersi antipatico alle persone e a farsi nemici. Ha umiliato Humphrey, e questa è una cosa che un poliziotto non sopporta. O almeno, un poliziotto di nome Humphrey.

– E cosa ha fatto?

– Be' – disse Doan – è andata così. Fin dalla mia giovinezza sono stato vittima di attacchi di vertigine durante i quali mi è difficile camminare diritto. Molti calunniatori e persone non informate, come Carstairs per esempio, pensano che questi attacchi siano dovuti all'ingestione di alcolici in grande quantità, ma naturalmente questa è una sciocchezza.

– Oh, certo – disse Beulah Porter Cowys.

– La volta di cui stiamo parlando, per una casuale e strana coincidenza, fui colpito da uno dei miei attacchi mentre ero seduto in un bar. Così mi avviai a casa e, quando Humphrey mi vide, stavo, come dire, compiendo delle virate lungo la strada. Carstairs, la canaglia, non mi cammina nemmeno accanto quando sono nel mezzo di uno dei miei attacchi, per paura che la gente stabilisca una qualche relazione tra lui e me. Fa finta di non conoscermi. Quella volta, se ne stava a una cinquantina di metri dietro di me.

– Questo sì che è comportarsi bene – disse Beulah Porter Cowys. – Continui.

– Humphrey mi agguantò. Era in borghese e si stava occupando di un omicidio, quindi non erano assolutamente affari suoi se io ero ubriaco, cioè se stavo male, o no. Glielo dissi e lui cominciò a trascinarmi di qua e di là, e Carstairs arrivò e lo morse nei pantaloni.

– Nei pantaloni? – ripeté Beulah Porter Cowys.

– Già. Non lo toccò nemmeno. Non fece altro che strappargli di netto i pantaloni. Era pieno giorno, in una strada affollata, e Humphrey radunò un buon pubblico. Tutto ciò lo fece impazzire. Ed è ancora furioso.

– Oh, bene – disse Beulah Porter Cowys – forse non sarà in servizio stanotte.

– Lui è sempre in servizio. Lui non dorme mai per paura di perdere l'occasione di arrestare qualcuno. Gli piace arrestare la gente. Arresterà me non appena mi vedrà.

– Sciocchezze – disse Trent. – I poliziotti non vanno in giro ad arrestare la gente solo perché nutrono del rancore contro di loro.

– Mh! – disse Doan. – Posso usare il suo telefono, Melissa?

Humphrey era tondo, liscio e molle come un dolce alla crema. Entrò nell'appartamento con aria di grande importanza e sbuffando, rigirando indignato il cappello tra le mani, e accompagnato da tre agenti in uniforme che lo seguivano passo passo.

– Allora! – ringhiò. – Cosa sono tutte queste sciocchezze circa un ladro...

Vide Carstairs. Ci fu un silenzio pesante e crepitante, poi il collo di Humphrey cominciò a pulsare, rosso, sotto il colletto della sua camicia.

Carstairs era seduto, addossato alla parete con gli occhi chiusi, stava facendo un pisolino. Dopo un pochino, aprì un occhio e guardò Humphrey con un'aria critica e freddamente distaccata, poi richiuse l'occhio e ricominciò a dormire.

Humphrey voltò la testa lentamente e con cautela, sembrava un uomo che aveva capito che c'era un serpente a sonagli appostato da qualche parte vicino a lui. Doan era seduto comodamente nella poltrona all'angolo.

– Eccolo lì – disse Humphrey. – È lui. Mettetegli le manette.

Uno degli agenti avanzò prontamente, tirando fuori le manette dalla loro custodia di cuoio situata sulla parte posteriore della cintura. Doan porse docilmente i polsi e le manette scattarono.

– Perquisitelo – ordinò Humphrey.

– La tengo alla vita – confessò Doan.

L'agente trovò la pistola – È una calibro 38 d'ordinanza – fu il suo rapporto.

– Ed ho il porto d'armi regolare – disse Doan.

– Non lo avrà a lungo – gli disse Humphrey. – Tutto a posto, gente. Dovrete comparire quando sarà presentata la sua imputazione. Il che avverrà giù al tribunale di Los Angeles, probabilmente mercoledì mattina. L'ufficio del procuratore distrettuale si metterà in contatto con voi. Portatelo via ragazzi.

– Ehi! – urlò Eric Trent. – Ma che crede di fare?

Humphrey lo guardò – Chi è lei?

– Mi chiamo Eric Trent. Doan mi aveva avvertito che lei si sarebbe comportato così, ma io ero così stupido da ritenere che lei avesse più giudizio. Doan ha cenato con me ed è rimasto sempre con me dalla cena fino a quando non abbiamo sentito questa donna.... come si chiama lei?

– Melissa Gregory, nel caso siano affari suoi.

– Fino a quando non abbiamo sentito questa Melissa Gregory strillare – continuò Trent senza badare al tono della ragazza.

– Sta cercando di procurargli un alibi, eh? – disse Humphrey. – Questo non fa che renderla un complice, ragazzo. E deve essere anche già schedato, vero? Ho già visto una sua fotografia prima d'ora.

– Signore – disse uno degli agenti.
Humphrey guardò. – Che c'è?
– Lui è il Bell'Amante.
– Cosa?
– È quel tizio delle pubblicità di quella crema.
– Be', accidenti – disse Humphrey. – Dunque lei fa il modello per le pubblicità quando non ruba, eh?
– Signore – disse l'agente.
– Ora che c'è?
– Veramente, lui è sposato con quella donna... quella Heloise di Hollywood. Era sul giornale, nelle notizie dell'alta società, un paio d'anni fa. Me lo disse mia moglie.
– Mmmh – disse Humphrey, fissando Trent. – Mmmh. – Si voltò all'improvviso e puntò Doan. – Chi l'ha ingaggiata?
– Lo scoprirà – disse Doan – quando sarà il momento.
– Lo scoprirò adesso!
– Lo ha ingaggiato mia moglie – disse Trent.
– Per fare che?
– Per controllarmi.
– Ah – disse Humphrey. – E naturalmente sta facendo il doppio gioco come al solito. Lo fa sempre. Quando qualcuno lo ingaggia per controllare qualcun altro, lui si mette sempre d'accordo col secondo e ci fa amicizia e poi prende i soldi anche da questo per controllare il primo. Non è vero?
– Sicuro – disse Doan.
Melissa si tirò su a sedere sul divanetto. – Senta lei – disse a voce alta e scandendo bene. – L'abbiamo chiamata per indagare su un ladro mascherato che mi ha aggredita. Vuole farlo o vuole solo far confusione nel mio appartamento?
– Melissa! – sobbalzò Beulah Porter Cowys.
– Dico sul serio – disse Melissa. – Ho sbattuto il naso negli sporchi affari personali di questo ottuso di Trent e ne ho abbastanza di lui e di loro.
– Doan è il ladro – le disse Humphrey.
– Ma no!

– Allora è Trent.
– Nemmeno!
– Come fa a saperlo se... se era mascherato?
– Perché non era alto come Trent, e nemmeno grasso come Doan.
– Sta cercando di rendermi le cose difficili – si lamentò Humphrey.
– Io le renderò ancora più difficili – disse Doan. – C'è un uomo assassinato nel bidone dell'immondizia del vicolo sul retro.
– Ahah! – gongolò Humphrey, fregandosi le mani. – Avete sentito tutti la confessione? Siete tutti testimoni. Ho sempre sperato di avere l'occasione di vederla nella camera a gas, Doan. Chi ha ucciso? Può anche dire la verità, non le crederò in ogni caso.
– Io non ho ucciso nessuno – disse Doan. – Il ladro lo ha fatto, mentre scappava.
Humphrey ondeggiò una mano. – Dettagli. Io so che è lei il ladro. Chi è il tizio, e perché l'ha fatto fuori?
– Si chiama Frank Ames.
– Oh! – singhiozzò Melissa.
– Frank – disse Beulah Porter Cowys, deglutendo con un suono rauco. – Oddio!
– Frank Ames – ripeté pensieroso Trent. – Ho incontrato qualcuno con quel nome alla facoltà... non è quello con i capelli rossi? L'assistente di inglese?
– Proprio lui – disse Doan.
– Perché l'ha ucciso? – chiese Humphrey.
– Ho appena finito di dirle che non sono stato io, ma il ladro.
– Certo, certo – disse Humphrey. – Non sottiliziamo. Mi dica solo perché è accaduto.
– Non lo so. Ames non abita qui, penso fosse venuto a trovare qualcuno in questo edificio.
– Me – disse Melissa. – Mi ha portata a cena e poi al cinema.
– Ecco – disse Doan. – Come l'ha riaccompagnata a casa, in macchina giù dalla collina?
– Sì.

Doan fece un cenno ad Humphrey. – Ecco come è accaduto, allora. Ha fatto inversione a U nella strada. I suoi fari hanno illuminato il vicolo proprio mentre il ladro stava uscendo dal cortile posteriore. Ames l'ha visto. Penso che probabilmente il ladro si stesse togliendo la maschera, o se l'era già tolta. Non poteva andare in giro per strada con la maschera.

– Vuol dire che Ames l'ha riconosciuto? – chiese Humphrey.

– Penso che abbia riconosciuto il ladro. Altrimenti, non sarebbe sceso dalla macchina, come invece ha fatto. La sua macchina ha il muso rivolto al marciapiede a tre metri dal vicolo e con la portiera ancora aperta. È saltato fuori ed è andato a vedere cosa stava facendo il ladro. Se non avesse riconosciuto il ladro, quello gli avrebbe dato solo un pugno come ha fatto con Melissa, invece di tagliargli la gola.

Humphrey fece un cenno a due degli agenti. – Andate a dare un'occhiata. Vediamo quante cose si sta inventando.

I due agenti corsero fuori.

Melissa era ripiegata in due. – È stata... co... co... colpa mia...

Humphrey sobbalzò. – Cosa? Che vuol dire? Parli!

– Silenzio – disse Beulah Porter Cowys. – Non prestare attenzione a questo scemo grasso, Melissa. Non sei obbligata a dire nulla se non vuoi.

Melissa parlò lentamente, tirando fuori le parole con grande sforzo.

– Lui aveva cercato di chiedermi di sposarlo. Ci aveva provato molte volte in passato. Mi piaceva, ma... questa volta glielo avevo impedito, ero sgusciata via... oh, Beulah!

Beulah Porter Cowys le afferrò le spalle con fare esperto. – Stai tranquilla, tesoro. Su – aiutò Melissa ad alzarsi e la condusse verso la camera.

– Un momento! – urlò Humphrey. – Riguardo al ladro. Che tipo di maschera aveva?

– Una calza. Una calza di seta. Gli copriva tutta la testa.

– Tutta la testa – disse Humphrey. – Tutta la testa... E le mani? Le ha viste?

– Guanti. Guanti lucidi. Neri.

– È tutto – disse Beulah Porter Cowys, accompagnando Melissa in camera da letto e sbattendo la porta.

– Chi è quella signora? – chiese Humphrey. – Quella vecchia e magra?

– Beulah Porter Cowys – gli disse Trent.

– Da dove è uscita fuori?

– Abita in fondo al corridoio. Ha sentito Melissa che urlava ed è venuta a vedere cosa stava succedendo.

– Ah, davvero? – disse Humphrey. – Indossa mai dei pantaloni?

– No – disse Doan.

– Sì – disse Trent nello stesso istante. Guardò Doan, sorpreso. – Cosa?

Doan disse pigramente: – Humphrey sta facendo un altro dei suoi sogni. Il ladro non era Beulah Porter Cowys perché io stavo inseguendo il ladro.

– Ah sì? – disse Humphrey. – Poteva essere lei. Con i guanti per nascondere lo smalto delle unghie e una calza in testa per nascondere i capelli.

– Si faccia un'altra fumatina – gli consigliò Doan.

– Okay, carino – disse Humphrey. – Ha visto questo ladro? Voglio dire, aveva uno specchio mentre stava scappando?

– No – disse Doan – ma posso darle qualche buona informazione su di lui. Se la cava bene sia con la pistola che col coltello. Ha una calibro 22, automatica, probabilmente una Woodsman. È molto abile con quella. Se cerca bene, troverà tre bossoli dalla parte opposta del lampione a nord dell'edificio.

– Ora è lei a sognare. Perché dovrebbe avere una pistoletta come la calibro 22?

– Se uno sa sparare come lui, non ha bisogno di un'arma più grande.

Beulah Porter Cowys uscì dalla camera. – Dovrete aggiornare questa stupida riunione. Melissa è distrutta. A pezzi.

– Calma, calma – disse Humphrey. – Mi dica quanto bene conosce Doan.

– Quanto mi basta – disse Beulah Porter Cowys – cioè molto poco.

Uno degli agenti in uniforme sgusciò dentro. – Il corpo è là, signore, e anche l'automobile. È registrata a nome di Ames. Ma guardi cosa ho trovato sul sedile.

Teneva davanti a sé, come fosse un vassoio, un grosso librone con la copertina di cuoio lucido inciso a mano. Lo reggeva con la punta delle dita. Sulla copertina, stampato in oro c'era il titolo: *Il cammino della perfezione – Heloise di Hollywood.*

– Gli ho dato un'occhiata – disse l'agente. – Parla di come una donna può eliminare le rughe se ne ha molte.

– Mmh, – disse Humphrey. – Sua moglie conosceva Ames, Trent?

– Non penso – disse Trent.

– Sì, invece – disse Doan. – Lui lavorava con lei.

– Cosa? – disse incredula Beulah Porter Cowys. – Frank lavorava per Heloise di Hollywood? Sta dicendo delle enormi sciocchezze!

– Non questa volta – le disse Doan. – Lei sta mettendo su un'altra campagna pubblicitaria. È tutta concentrata sulle donne di mezza età che hanno avuto grande influenza sulla storia. A cui siano state dedicate delle poesie, o intitolati dei laghi, o per le quali siano scoppiate delle guerre, e cose simili. Ames stava facendo delle ricerche per suo conto.

– E lei come lo sa? – chiese Beulah Porter Cowys.

– Perché Heloise me l'ha detto.

– Mmmh – disse Humphrey. – Mmmh. Questo caso comincia a sviluppare una certa prospettiva. Ora, supponiamo che Ames stesse entrando in confidenza con la moglie di Trent, e Trent lo avesse saputo da Doan e lo avesse ingaggiato per nascondersi in quel vicolo e sistemare Ames.

– Ci risiamo – disse Doan.

Humphrey lo ignorò. – O supponiamo che Doan avesse detto ad Heloise che suo marito stava diventando amico di questa Melissa Gregory, e che Heloise fosse venuta qua per vedere come stavano le cose... Naturalmente, Doan sarebbe stato dalla sua parte, perché vuole spillarle ogni centesimo, e supponiamo che questa Melissa abbia cercato di mandarmi via perché non vuole scandali... e Ames ha riconosciuto Heloise e ha cercato di avere anche lui la sua parte, e Doan si è infuriato per questo...

– Quest'uomo è pazzo o che altro? – chiese Trent.

– Di certo ha qualcosa – convenne Doan.

Il telefono nella camera squillò. Humphrey e Beulah Porter Cowys scattarono simultaneamente per rispondere. Melissa stava a faccia in giù sul letto, col volto nascosto tra le braccia. Beulah Porter Cowys si chinò sopra di lei ed afferrò il telefono.

– Ehi! – urlò Humphrey. – Me lo dia! L'avverto che...

– Stia zitto! – Disse Beulah Porter Cowys, spingendolo via. – Se ne vada... Pronto... Sì... È uno grasso con la faccia da maiale e la bocca larga?... Sì è qui. – Passò il telefono ad Humphrey. – È per lei.

– Pronto – sbraitò Humphrey. – Chi è? Chi?... Oh... Sì signore... sì signore... sì signore... T. Ballard Bestwyck e il sindaco e il procuratore distrettuale e il presidente della Camera di Commercio... tutti loro? Ma Doan non li conosce... Sì signore. Io so che conoscono lei... Sì signore... sì signore... Ma c'è stato un omicidio, e Doan è implicato... Sì signore... sì signore... subito signore.

Humphrey ripassò il telefono a Beulah Porter Cowys. Sembrava leggermente impallidito mentre rientrava nel salottino fissando Doan con le spalle ricurve ed il labbro inferiore proteso in avanti.

– Salve, Humphrey – disse Doan.

Humphrey grugnì. – Toglietegli le manette – disse in tono cupo.

L'agente che non aveva il libro in mano aprì le manette.

– Ridatemi la mia pistola – disse Doan.

Humphrey annuì con riluttanza e l'agente porse la pistola a Doan. Doan se la mise alla cintura.

– Ancora non so come abbia fatto a mettere su tutto questo rumore in suo favore – gli disse amareggiato Humphrey – ma, oh, non ha che da aspettare. Verrà il giorno. E nel frattempo...

Humphrey si girò di scatto e tirò un avido calcio nel punto dove stava seduto Carstairs. Ma Carstairs non era più lì. Il piede di Humphrey passò nello spazio che aveva occupato e sbatté violentemente nel muro.

– Ahiaaah! – gridò Humphrey.

Carstairs lo guardò da dietro la poltrona di Doan, fissandolo con un'aria gentilmente interrogativa.

Melissa apparve sulla porta della camera, tenendosi agli stipiti con entrambe le mani per sorreggersi. – Fuori dal mio appartamento... Tutti!

Humphrey stava su un piede solo e si teneva l'altro con entrambe le mani. – Aspetti un minuto. Devo cercare degli indizi...

– Fuori!

Eric Trent disse: – Non credo che lei dovrebbe restare da sola...

– Stia zitto lei! Fuori!

Beulah Porter Cowys disse: – Starò io con...

– Beulah, no! Non voglio nessuno! Voglio solo che mi lasciate tutti in pace! E ora, fuori! A casa! Tutti! Fuori di qui!

– Posso lasciare Carstairs qua – disse Doan. – Non le darà fastidio. Non farà entrare nessuno che lei non voglia.

– Va bene, va bene, va bene!

Doan puntò l'indice a Carstairs. – Tu resta. Hai sentito? Non deve entrare nessuno se non lo dice lei.

Carstairs era di nuovo appoggiato alla parete e dormiva. Non aprì nemmeno gli occhi.

Trent disse: – Non penso che...

– Fuori, fuori, fuori! – urlò Melissa.

Si avventò contro di loro spingendo e pressando indiscriminatamente. Tutti sobbalzarono e inciamparono fuori nel corridoio, lei sbatté la porta e la chiuse a chiave, poi spinse una sedia contro la maniglia.

Sospirò tutta tremante. Le sembrava che le sue ginocchia non le appartenessero. Andò in camera trascinando i piedi e cominciò a spogliarsi.

Stava slacciandosi il reggiseno, quando sentì un forte tonfo mellifluo in cucina. Si irrigidì e sentì il cuore che si gonfiava come un pallone, poi si girò e corse attraverso il salottino in cucina. Accese la luce.

La porta del frigorifero era spalancata e sul pavimento davanti ad essa c'era una grande ciotola di vetro con insalata di patate, capovolta. Carstairs osservava questo strano fenomeno con uno sguardo di incredula sorpresa.

– Tu... tu! – urlò Melissa. – Ladro! Ladro di cibo!

Gli diede una frustata col reggiseno. Lui la schivò con svogliata facilità. Le ginocchia di Melissa cedettero, lei si sedette e cominciò a strillare battendo i pugni sul pavimento. Carstairs la fissava, esterrefatto da questa vergognosa esibizione emotiva, poi trotterellò nel salottino sollevando le zampe con un movimento da schizzinoso.

Dopo un po', i singhiozzi di Melissa si addolcirono in lacrimosi sospiri. Si rialzò faticosamente, raccattò l'insalata di patate e pulì il pavimento.

Dopo aver chiuso la porta del frigorifero, tornò nel salottino. Carstairs non era in vista. Melissa andò in camera.

– Tu! – urlò Melissa. – Giù da quel letto! Non vorrai dormire... Giù! Giù!

Carstairs si ritirò nel salottino.

– Sul pavimento! – gridò Melissa. – È lì che devi dormire! Cuccia!

Carstairs piegò appena le zampe e poi si lasciò cadere, colpendo il pavimento così forte da far tremare i vetri delle finestre. Si rotolò su un fianco e cominciò immediatamente a russare.

– Oh – disse Melissa. – Oddio.

Melissa andò a dormire senza l'impaccio di un pigiama o di una camicia da notte o altri simili paludamenti, di conseguenza era nella miglior condizione possibile per godere a pieno del naso di Carstairs quando glielo piazzò con precisione tra le scapole. Lei uscì dalle oscure o piacevoli ombre dei suoi sogni privati con uno scatto improvviso.

– Che... che... che – balbettò, sedendosi e aggrappandosi freneticamente alle lenzuola.

Carstairs indietreggiò. Il sole spingeva le sue luminose dita indagatrici attraverso le persiane semi chiuse.

– Tu! – disse Melissa. – Ti spaccherò tutte le ossa... ooohò – Si sfiorò il lato del viso con un leggero tocco sperimentale. La sua mascella era calda, gonfia e dolorante. Sembrava terribile. E aveva un saporaccio in bocca. – Ohiohioi! – disse avvilita Melissa. Si strofinò gli occhi coi pugni chiusi, poi sbirciò faticosamente il piccolo orologio spagnolo. – Le sette meno dieci! Che ti salta in mente di svegliarmi così all'alba, stupido mostro idiota!?

Carstairs la guardò con un'espressione di urgenza.

– Ma che hai? – chiese Melissa.

Carstairs alzò una delle zampe anteriori, poi l'altra in modo dolorosamente ansioso.

– Ah! – disse Melissa. – Devi uscire, eh? E la porta di sotto è chiusa... Accidenti! Va bene, va bene. Aspetta che mi vesta.

Andò in bagno, si guardò allo specchio e si spaventò quasi a morte. Aveva la guancia orribilmente gonfia e nella parte bassa della mascella cominciava a comparire un'interessante striatura color porpora.

Carstairs sbuffò davanti alla porta d'ingresso.

– Va bene – disse Melissa, sbrigandosi.

Si mise un paio di pantaloni, dei mocassini e un maglione, si ravviò i capelli col pettine e andò nel salottino. Carstairs stava a ginocchia piegate col naso appiccicato alla porta.

Melissa gliela aprì e Carstairs sfrecciò fuori lungo il corridoio, facendo rimbombare le scale. Quando Melissa arrivò giù stava aspettando ansiosamente davanti al portone. Lei lo aprì. Carstairs volò fuori e si tuffò grato dentro la siepe che circondava l'edificio.

Melissa sedette sugli scalini. Prese una sigaretta e un

fiammifero dalla tasca dei pantaloni. La sigaretta aveva il sapore della limatura d'acciaio.

Era una di quelle mattine di primavera della California del sud così belle da sembrare quasi indecenti. Il sole stava spolverando l'ultima bruma notturna dal cielo e le palme, come enormi piume, ondeggiavano su e giù in una cordiale armonia sotto la delicata carezza del vento.

Carstairs fece capolino dal cespuglio per assicurarsi che Melissa lo stesse aspettando, poi sparì di nuovo. Il portone alle spalle di Melissa si aprì e comparvero le gemelle Aldrich. Guardarono Melissa e videro i pantaloni, la sigaretta, i capelli disordinati e la guancia gonfia. Sorrisero con aria paziente e indulgente.

– Buon giorno – dissero.

– Giorno – disse Melissa.

– È una bella giornata..

– Davvero? – chiese Melissa.

Carstairs uscì dal cespuglio e si sedette sugli scalini accanto a Melissa con un sospiro lussurioso e soddisfatto.

Le signorine Aldrich dissero: – Questo è quel grosso cane che appartiene a quel paffuto signore tanto cortese che divide la stanza con Mr Eric Trent.

– Sì – confermò Melissa. – Si chiama Doan. Il signore, intendo. Il cane si chiama Carstairs.

– Mr Eric Trent è molto bello – dissero le signorine Aldrich.

– Così dicono.

– Ci è parso di capire che sia sposato.

– È parso anche a me.

– Mmmh – dissero le signorine Aldrich. La guardarono per un attimo, poi guardarono Carstairs. – Mr Doan ci ha detto che avremmo potuto coccolarlo.

– Prego – le invitò Melissa.

– Qui, Carstairs – dissero le signorine Aldrich. – Vieni qui, bel cagnolino.

Carstairs le guardò un attimo, ovviamente soppesando le alternative. Alla fine si alzò e si avvicinò a loro. Concesse tre carezze a ciascuna, poi si voltò e tornò a sedersi con l'aria della persona che ha fatto il suo dovere.

– Dobbiamo andare, adesso – dissero le signorine Aldrich. – Facciamo sempre una passeggiata prima di colazione. Presto a dormire e presto in piedi, sa.

– Sì, lo so – disse Melissa.

Scesero gli scalini e si avviarono. Erano esattamente della stessa altezza e camminavano all'unisono.

Il portone si aprì di nuovo e ne uscì Beulah Porter Cowys.

– Se ne sono andate finalmente? – chiese. – Sono un po' troppo per me a quest'ora.

– Che fai fuori a quest'ora?

– Devo preparare il laboratorio per la lezione della I B. Sono stata troppo occupata per farlo la notte scorsa. Mi dispiace per Frank, Melissa. L'avresti sposato?

– No.

– Perché no?

– Non era molto cresciuto, voglio dire psicologicamente. Non faceva che citarmi poesie, Herrick e Lovelace e tutta quella roba.

– Sono buoni poeti.

Melissa scosse le spalle. – Sono più nello stile delle signorine Aldrich. Sai, sono una coppia interessante. Sono gemelle identiche. È per questo che parlano, e pensano anche, allo stesso modo. Sembra che il gene fertilizzato si divida...

– Uhf! – disse Beulah Porter Cowys. – Questa è di nuovo Shirley Parker e la sua interpretazione freudiana della biologia. Riconosco lo stile. Le signorine Aldrich parlano e pensano allo stesso modo perché hanno vissuto gomito a gomito per sessant'anni, e questa è l'unica ragione. A dopo, Melissa. Stai su.

Scese gli scalini e Carstairs si piegò e brontolò con tono confidenziale nell'orecchio di Melissa.

– Che vuoi? – chiese Melissa.

Carstairs si leccò i labbroni.

– Oh no – disse Melissa. – Devo anche darti da mangiare? E che diavolo mangi a colazione? Succo d'aran-

cia, orzo e uova al bacon?
Carstairs sollevò la testa e abbaiò contento.
– Smettila! – ordinò Melissa. – Sveglierai tutta la città! Non puoi aspettare che finisca la sigaretta? Smettila, ho detto! Ti darò da mangiare... Sì, va bene, subito. Andiamo.

Capitolo terzo

Gli studenti stavano cominciando ad entrare quando Melissa attraversò diagonalmente l'Old Quad con Carstairs fedelmente alle costole. Gli studenti procedevano a piccoli gruppi o camminavano da soli meditando sulle trappole della vita universitaria come è loro costume. Gli estranei possono essere sconcertati dai loro strani comportamenti, ma Melissa c'era abituata e sapeva che l'unica cosa da fare era ignorarli.

Eric Trent stava seduto sugli scalini d'ingresso del Vecchio Chim. Appena vide Melissa e Carstairs si alzò di scatto poi, capendo che loro l'avevano già visto, si rimise riluttante a sedere e fissò il vuoto.

– Salve – disse Melissa.

– Come va? – disse stancamente Trent.

– Sono stanca – gli disse Melissa. – Le spiace se siedo sugli scalini?

– Per nulla – disse Trent.

Anche Carstairs si sedette e guardò Trent con aria speculativa. Non ricevette alcun segno di riconoscimento in cambio e dopo un momento ringhiò una volta, forte, poi si stese e si mise a dormire.

Ci fu un lungo e pesante silenzio, poi alla fine Trent disse:

– Mi dispiace veramente per stanotte, per quanto le è accaduto e per la morte del suo amico.

– Grazie – disse Melissa.

– Riguardo al suo appartamento. Doan ha parlato con mia moglie per averne uno più spazioso. Lui deve dormire sul mio divanetto e dice che gli fa fare brutti sogni. Mia moglie conosce T. Ballard Bestwyck. Lei ha sistemato le cose per me. Io non c'entro niente. Non ne sapevo nulla. È ovvio che non prenderò il suo appartamento. Doan si può trovare una stanza in albergo se non gli piace il mio divanetto.

– È molto carino da parte sua, carino e generoso – disse Melissa e lo guardò con gli occhi raggianti. – Forse lei non è poi così cattivo, dopo tutto; cioè, non così idiota come credevo che fosse non appena ho letto quelle cose smielate che sua moglie diceva di lei nelle pubblicità... Comunque sia, prima di esserne certa, ci vorrebbero altre prove.

– Che tipo di prove?

– Una prova di quanto lei sia realmente carino e generoso. Per esempio, se mi restituisse il mio ufficio, oltre all'appartamento, allora potrei pensare delle cose molto gentili di lei, praticamente qualsiasi cosa gentile che lei desideri che io pensi.

Trent la guardò sconcertato. C'era malizia nel suo viso, ma anche sincerità. – Be' – disse in tono conciliante. – Be'... – Ma poi lasciò cadere il tono conciliante, sollevò il mento con l'aria dell'uomo che è già stato ingannato da una donna e non vuole caderci di nuovo e disse fermamente: – No. Lei non ha bisogno di quell'ufficio in particolare e io sì.

– Mmmh – disse Melissa – la mette così. E scommetto di sapere perché. Lei pensa che Doan la giudicherà una donnicciola se si arrende ad una donna.

– Non è vero.

– Invece sì. Lo so. Ad ogni modo, perché deve sopportare Doan? Voglio dire, le sta appiccicato tutto il giorno e dorme nel suo divano e tutto il resto.

– Non c'è modo in cui possa impedirglielo. Non c'è una legge che lo proibisca. Così ho pensato di far buon viso a cattivo gioco. In effetti, Doan mi è simpatico. È una buona compagnia. Si adatta bene. Se voglio parlare, ascolta. Se voglio studiare o lavorare o leggere, lui va a dormire. Sembra che possa dormire a tutte le ore e ovunque. Naturalmente c'è sempre Carstairs. Lui è una noia.

Carstairs brontolò tra sé e sé.

– Perché non si fa rispettare? – chiese Melissa. – Perché non dice a Doan che gli darà un pugno in un occhio se non se ne va?

Trent la guardò. – Doan? Non avrebbe il minimo effetto. La violenza non gli fa assolutamente paura. Anzi, credo gli piaccia. Penso sia il motivo per cui piace a Carstairs. Tutti gli altri hanno paura di Carstairs, almeno un pochino. Doan no, per nulla.

– Be', sono degli accompagnatori piuttosto strani. Penso che possano rovinarle la piazza.

– No. Le donne non mi interessano.

– Davvero?

– Sì.

– Oh.

Una voce tremante disse: – Scu... scusate...

Trent e Melissa alzarono gli occhi. C'era una ragazza in piedi sul sentiero davanti agli scalini. Indossava una camicia a quadri e un maglione rosso, tutti e due alla rovescia. Portava la scarpa sinistra sul piede destro e la destra sul sinistro. Aveva un cerchio disegnato col rossetto su una guancia e sull'altra una doppia croce tracciata con la matita per gli occhi. I suoi capelli erano annodati dritti sopra la fronte e induriti col sapone e con la brillantina. Teneva una rivista in una mano e una penna stilografica nell'altra.

– Scusi – disse, fissando Trent con gli occhi spalancati – mi farebbe un autografo qui?

Porse la rivista, aperta su una delle pubblicità di Heloise.

– Cosa? – disse Trent.

– Oh, la prego – disse la ragazza. – Se non lo farà mi riporteranno in casa e mi picchieranno sulla pelle nuda. E picchiano terribilmente forte.

– Chi? – disse Trent incredulo.

La ragazza roteò gli occhi in silenzio per indicare un gruppo di ragazze che stava a circa venti metri. Erano tutte vestite normalmente, cioè, normalmente per delle studentesse. Stavano a guardare con una sorta di malefica attesa, col fiato sospeso.

– Che significa questo? – chiese Trent.

– È una prova di iniziazione – disse Melissa. – Questa è la Settimana di Fuoco per entrare nei club di fratellanza. Deve passare l'iniziazione. Per prova fanno sempre fare cose imbarazzanti come questa, o peggio. Fammi vedere la tua spilla... Lei è una Delta Gamma. Avanti, le firmi la pubblicità. È vero che la picchieranno se non lo fa.

– Ve bene – disse Trent.

La ragazza gli porse la rivista e la penna.

– Vuole – disse la ragazza rannicchiandosi – potrebbe firmarla il Bell'Amante.

Trent fece un suono strozzato.

– Suvvia – disse Melissa. – Le dia quello che desidera.

Trent aveva le narici cerchiate di bianco, ma firmò.

– Oh, che emozione – disse la ragazza riprendendo a respirare. – Mille, mille grazie, e mi scusi.

Trent le restituì la rivista e la penna. – C'è nessuna delle sue "sorelle" così carine, qualcuna delle classi superiori, che studia meteorologia?

– Certo – disse la ragazza. – Quattro o cinque.

– Allora dica loro – disse Trent – che non si affatichino a studiare o a portare i compiti che assegnerò perché saranno tutte bocciate.

– Dice davvero? – disse la ragazza. – Bene, bene!

Tornò di corsa al gruppo delle ragazze. Loro le fecero spazio ridacchiando. La ragazza disse qualcosa. Il gruppo smise di ridacchiare. Le loro teste si voltarono all'unisono in direzione di Trent. Si raggrupparono e discussero. Poi guardarono di nuovo Trent. Si voltarono e andarono via con calma. L'iniziata, che le seguiva, guardò dietro le spalle e lanciò un'allegra occhiata maliziosa.

– Le ha freddate – disse Melissa. – Il loro club si è già presentato una volta davanti al Decano Femminile, quest'anno, per comportamento scorretto. Vuole davvero bocciarle?

– Sì.

– Domani le manderanno una delegazione di Anziane per scusarsi.

– Saranno bocciate lo stesso.

– Andranno a lamentarsi dal Decano Femminile e forse da T. Ballard Bestwyck.

– E saranno bocciate.

– Lei è un tipo piuttosto deciso – disse Melissa – terribilmente suscettibile.

– Può pensare ciò che vuole, se crede.

– Non si arrabbi ora – disse Melissa. – So che non sono affari miei, ma non può incolparmi se sono curiosa.

– Su cosa?

– Insomma, lei a volte agisce come se fosse mezzo scemo. Sapeva certamente cosa poteva pensare qualsiasi persona intelligente di quelle pubblicità. Perché ha permesso a sua moglie di piazzarle in primo piano su tutte le riviste?

– Io non gliel'ho permesso. Non sapevo che lo stesse facendo.

– Ma lei sa leggere, no?

Trent la guardò esasperato. – Negli ultimi quattro anni, fino a pochi mesi fa, io sono stato a sedere tra i ghiacci in mezzo all'oceano Artico. Tutte le scorte e la posta mi venivano consegnate da un aeroplano. E non ordinavo nessuna rivista femminile, e di conseguenza non le avevo mai viste.

– Che diavolo ci faceva in mezzo all'oceano Artico?

– È il posto dove si formano le perturbazioni, quelle che influenzano le condizioni in quota sulla rotta del Circolo Polare attraverso l'Alaska e la Siberia. C'erano solo poche stazioni meteorologiche isolate laggiù.

– Ah. E chi c'era con lei?

– Un Aleut e due Eschimesi.

– Maschi?

– Sì.

– Io sono antropologa – disse Melissa. – So come conciano le pellicce che indossano. Questi le portavano?

– Sì.

– Mh – disse Melissa. – Dovevano essere compagni molto profumati. Pensavo che lei fosse sposato solo da due anni.

– Infatti.

– Come ha fatto?

– Sa dov'è Point Barrow, all'estremo nord dell'Alaska?

– Lo so adesso.

– Be', io scesi a sud dalla mia stazione, con l'aereo delle scorte, per farmi otturare un dente. A Point Barrow c'era un porto militare e un dentista della Marina passava da loro ogni tanto. Heloise, mia moglie, in quel momento era là.

– Che? E che stava facendo da quelle parti?

– Pare che nei suoi cosmetici metta qualche materiale molto esotico. Succo di lichene artico, muschio, grasso di tricheco e cose del genere. Questa roba era stata raccolta a Point Barrow. Ne aveva una grande quantità laggiù. Valeva un sacco di soldi, e il comandante del porto militare rifiutava di assegnare il posto in stiva per quella roba. Lei si pagò il viaggio su un aereo da cargo, ha molte conoscenze, e venne là a vedere cosa succedeva. Stava ancora litigando col comandante quando arrivai.

– Capisco – disse Melissa. – Quante donne bianche c'erano a Point Barrow?

– In quel momento lei era l'unica.

– Ah – disse Melissa. – E lei era stato lassù tra i ghiacciai per due anni, prima di questo?

– Sì.

– Capisco – disse Melissa lentamente.

– Capisce cosa?

– Oh, niente. Era solo una cosuccia di cui ero curiosa.

– Heloise è una donna molto attraente.

– Ho forse detto che non lo è? Ha davvero cinquantaquattro anni?

– Non li dimostra.

– No, e ad ogni modo, dopo due anni tra i ghiacciai eterni.

– Quello non c'entrava niente!

– Va bene, va bene. Non sia così permaloso. Non sto

discutendo con lei.
– E cosa sta facendo?
– Sto ficcando il naso nei suoi affari – ammise sinceramente Melissa. – E ora, se vuole, può fermarmi.
– Io non posso fermare nessuno al mondo.
– Questo è vero. Posso chiederle qualche altra cosa?
– Non conosco alcun modo per impedirglielo.
– Allora – disse Melissa – è vero che quando lei è tornato qua e ha scoperto quelle pubblicità e tutte quelle attenzioni da parte del mondo femminile...
– No!
– Non sa neanche cosa stavo per chiederle.
– Lo so invece.
– Non la sto incolpando.
– Incolparmi per cosa?
– Per essersi fatto furbo e averla piantata.
– Non l'ho piantata!
– Oh, via – disse Melissa. – Lei le ha concesso di andarsene in pace a patto che se ne stesse tranquillo e permettesse a Doan di starle appiccicato finché non fosse riuscita a far dimenticare quelle smielatezze sul Bell'Amante e non avesse avviato un'altra campagna pubblicitaria.
– Sa – disse Trent – a giudicare dal suo strano ospite di stanotte ritengo che lei abbia già abbastanza problemi per suo conto a tenerla occupata.
– Suppongo che abbia ragione – ammise Melissa. – Che è successo stanotte dopo che vi ho cacciati dal mio appartamento?
– Niente, veramente. Cioè, non hanno scoperto nulla se non quello che aveva detto Doan. Quell'Humphrey è così intento a scoprire qualcosa, non importa cosa, contro Doan che non ha quasi tempo per nient'altro. Sono saliti al mio appartamento e lui e Doan si sono ubriacati. E il solo cambiamento è stato che hanno discusso a voce più alta. Se lei sa chi era il ladro, è l'unica o per lo meno è l'unica che potrebbe scoprirlo.
– Doan ha chiamato sua moglie, vero? Quando ha pensato che Humphrey lo avrebbe arrestato.

– Sì.
– Deve conoscere proprio un sacco di gente influente da queste parti.
– No. Conosce le loro mogli. Ha visto quell'enorme mostruosità che è il suo salone di bellezza in Sunset Boulevard? Il suo quartier generale? Quel posto ha tanto personale come una nave da guerra. Non ne ricava nemmeno un centesimo, sebbene i prezzi siano terrificanti. Lo tiene aperto per prestigio. Ci attira le stelle del cinema e le riempie di liquori, è facile ubriacarsi in una sauna, e ne ricava pubblicità gratuita.
– Non credo che mi piaccia.
– A nessuno, insomma, quasi.
– Però, mi piacerebbe conoscerla.
Trent disse: – Se mai le capiterà, e le dirà che mi conosce, probabilmente riceverà un'accoglienza che la sorprenderà.
– Perché? – chiese Melissa.
– Non importa. Ma non glielo dica.
Una nuova voce disse: – Ciao, Melissa.
– Salve, Shirley – disse Melissa.
Questa ragazza era bassina, magra e scura, graziosa come una bambola. Aveva occhi molto grandi, color castano sfumato, e capelli neri raccolti in due trecce che le ricadevano sulle spalle e sul petto di una prosperosità attraente. Indossava un maglione a sacco con le maniche tirate su, mocassini e blu jeans nella cui tasca teneva tre penne stilografiche.
– Hai un aspetto terribile – disse a Melissa. – Ho saputo del tuo ladro da Beulah Porter Cowys. Deve essere stata un'esperienza interessante.
– Oh, lo è stata.
– Come ti sei sentita? Non dirmi solo che hai avuto paura. Voglio sapere nel profondo. Hai provato una sensazione di eccitazione.
– Shirley! Smettila! Non ho provato alcuna eccitazione, e non ne voglio parlare più.
– Perché no?
– Perché no – disse Melissa con calma e in tono con-

clusivo. – Shirley, ti presento Eric Trent, meteorologia. Lei è Shirley Parker. Si sta specializzando, sta facendo una tesi per il dottorato in psicologia.

– Piacere – disse Trent.

– Lei è il Bell'Amante – disse Shirley.

– E allora?

Shirley alzò le spalle. – Non c'è ragione di reagire in maniera ostile. Quel nome per me è solo un'associazione con un'immagine. Non provo alcun risentimento verso di lei per quello.

– Grazie tanto – disse Trent.

– Questo suo atteggiamento mostra una ovvia repressione. Dovrebbe lavorarci su. Come si sente quando si avvicina a sua moglie?

– Che?

– Ha sentito cosa ho detto. La domanda non era chiara?

– È chiaro solo che non sono affari suoi!

– Oh sì, invece. Sto scrivendo una monografia sull'argomento, per il dottorato. Sarà pubblicata dalla University Press.

– Non mi interessa di comparire.

– Non userò il suo nome vero – lo rassicurò Shirley. – La sua sarà la storia di un caso anonimo.

– No, grazie – disse Trent.

– Lei non sta dimostrando un atteggiamento scientifico.

– Giusto – convenne Trent.

– La gente mi rende le cose molto difficili – si lamentò Shirley. – Insomma, sono tutti così stupidamente permalosi sull'argomento del sesso.

– Salve a tutti – disse Doan. Indossava una giacca sportiva di tweed marrone, calzoni di tweed marrone e una camicia sportiva verde scuro.

– Salve, Mr Doan, – disse Melissa.

– Come va, stamattina? – chiese Trent.

– Non troppo male – gli rispose Doan. – Cioè, respiro, penso.

– Due dei nostri vicini del terzo piano si sono lamen-

tati per il rumore di stanotte.
– Humphrey parla sempre a voce alta quando è ubriaco.
– Anche lei non si comporta male da quel punto di vista.
– Autodifesa – disse Doan. – Bisogna urlare con Humphrey, se no non presta attenzione.
– Non lo faceva comunque.
Doan annuì. – Temo che Humphrey sia proprio stupido. Chi è questa qui?
Melissa disse: – Shirley, ti presento Mr Doan. È un investigatore. Mr Doan, questa è Shirley Parker.
– Lei è più carina dell'orecchio di un insetto – disse Doan.
– Lo so – disse Shirley.
– Sta scrivendo una monografia – lo avvisò Trent – sul sesso.
– No – lo corresse Shirley. – Il sesso c'entra solo marginalmente. Riguarda la psicoterapia. Terapia psicosomatica.
– Interessante – disse Doan. – Penso.
– Lei ha una vita sessuale? – domandò Shirley.
– Certo – disse Doan. – Ma privata.
– È quello che dicono tutti – disse Shirley. Fissò Carstairs con aria speculativa. – E lui?
– Gli va molto bene – disse Doan. È diverso dalla maggior parte dei maschi. Lui viene pagato per le sue prestazioni, ed è molto ricercato. I padroni di danesi giganti femmine devono scrivere con mesi di anticipo per avere un appuntamento.
– Vi spiacerebbe cambiare argomento? – chiese Trent.
– Perché? – disse Doan. – Il sesso è molto interessante, e personalmente credo che lo sarà sempre.
– Salve, gente – disse Morales, uscendo dal portone del Vecchio Chim e scuotendo cortesemente la polvere dello straccio sopra di loro . – Bella giornata, no? Sì?
– Ha imbiancato il mio ufficio? – domandò Melissa.
– Señorita, io ho otto...
– Sì, lo so. Come non detto.

– Señorita, se lei avesse otto figli saprebbe che è difficile far finta di nulla, se non impossibile. Ah! Come va, señorita Shirley?

– Salve – disse Shirley.

– Señorita Shirley, stanotte ho avuto un'esperienza sorprendente.

– Non voglio sentirla.

– Señorita, questa è una cosa di immenso interesse scientifico.

– Come fa a dirlo?

– Señorita, quando un uomo ha otto figli, acquisisce una certa esperienza in questo campo che gli conferisce una capacità di giudizio superiore.

– Non mi interessa – disse Shirley.

– Señorita, secondo me, lei ha delle discriminazioni nei miei confronti. Sopporterei in silenzio, se non fosse per il fatto che le mie esperienze sono di incommensurabile valore scientifico. Consideri la questione obiettivamente, señorita. Se inserisce nel suo libro le mie incomparabili prestazioni, acquisirebbe una certa reputazione.

– Senza dubbio – disse Shirley. – Ma non le inserirò nella mia monografia. Lei è troppo disgustosamente normale.

– Señorita, questo mi offende.

– Si offenda pure.

Morales la guardò con ira. – Secondo me, c'è molta poca giustizia in questo mondo. – Si lanciò lo straccio sulle spalle e tornò dentro.

Shirley guardò Doan. – Ha mai ucciso qualcuno? Voglio dire, indirettamente, per esempio facendolo impiccare, o direttamente, facendo lei il lavoraccio?

– In entrambi i modi – rispose Doan.

– Lei razionalizza il suo sadismo mentre lo fa? Cioè, come fanno i giudici che si giustificano pensando che liberano la società da una minaccia e roba del genere?

– No – disse Doan. – Lo faccio perché sono pagato per farlo. È un bel lavoro.

– Temo che anche lei sia normale.

– Mi dispiace – disse Doan.
– Conosce molti assassini?
– Centinaia.
– E sono paranoici o cicloidi? La mia opinione è che tutti loro siano un po' paranoici.
– Che significa?
– Sono paranoici – spiegò Shirley. – Vuol dire che vivono in un mondo loro, soggettivo. Razionalizzano i loro impulsi distruttivi con una logica distorta che non ha relazione con la realtà. Hitler era un esempio meraviglioso.
– Non ho mai incontrato un assassino che facesse il suo lavoro su così ampia scala come lui – disse Doan. – Sebbene abbia incontrato una vecchia signora che fece fuori venti persone con della nicotina distillata da un insetticida.
– Le vittime erano tutte dello stesso sesso?
– Nooo. Uomini, donne, bambini. Non era assolutamente schizzinosa.
Shirley annuì con indifferenza. – Transfert generalizzato di aggressività subconscia repressa. Molto comune. Va bene, io entro. Cercherò di tirar fuori qualcosa dal professor Sley Mynick.
– Oh, Shirley – disse Melissa. – Lascialo in pace. Sai che lo terrorizzi fino a farlo star male con le tue domande.
– Gli fa bene – disse Shirley. – Deve elaborare le sue esperienze, tirarle fuori, scoprirsi. Non guarirà mai se le tiene nascoste nel subconscio come fa.
Un'ombra grassa sbucò dal portone ed emergendo nella luce rivelò proprio il professor Sley Mynick. Sbirciò da dietro le sue lenti spesse poi, focalizzando lo sguardo sul gruppo di persone sedute e in piedi sugli scalini, si voltò di scatto e sembrò che volesse precipitarsi di nuovo dentro.
– Solo un minuto, professore – lo chiamò Shirley Parker. – Lei è proprio la persona giusta per le cose di cui stavamo parlando. Psicologia anormale, assassini e...

Il professore alzò le braccia al cielo. – Oddio! – disse. – Ha detto assassini? Chi è un assassino? Io non sono un assassino. Non conosco nessun assassino. O no?

Shirley salì gli scalini e dette una pacca sulle spalle di Sley Mynick. – Non si allarmi – gli disse. – La nostra era una discussione puramente oggettiva, nessuno era chiamato in causa. Stavamo parlando di assassini e sesso. Come sa, sto scrivendo una monografia e per farlo devo intervistare la gente e raccogliere materiale sulle loro esperienze sessuali. Volevo chiederle...

Se prima il professore era apparso sorpreso, ora sembrava letteralmente sconvolto. – Oddio – disse. – Sesso. Ho un sesso io? Di che sesso sono? Maschile, naturalmente. E lei femminile... Oddio!

Il pover'uomo si ritirò nell'edificio. Shirley gli si aggrappò al gomito e si trascinò dietro di lui finché non scomparvero nell'atrio.

– Simpatica, no? – chiese Melissa.

– Eccome – convenne Doan. – È sposata?

– Shirley? No. Non crede nel matrimonio.

– È comunista? – chiese pigramente Trent.

Melissa rise. – No, naturalmente. A Shirley non piacerebbe nulla di così vecchio. Lei è una filosofa dell'anarchia.

– Ehm – disse Trent. – Ora, scusatemi. Ho lezione alle dieci. – Sembrò assicurarsi che Shirley non fosse in vista nell'atrio, poi entrò e salì le scale.

– Sa – disse Melissa a Doan – non è poi male dopo tutto. Cioè, pensavo che fosse un orribile specie di lupo finché non ho sentito la sua versione della faccenda. È gentile e innocente, vero?

– Be' – disse Doan – suppongo che dipenda tutto dal punto di vista. Non bisogna farsi ingannare dalla sua faccia. Si arrabbia facilmente e quando lo fa, non è buona idea stargli troppo vicino. È un esperto di judo, tra le altre cose, ed è duro come il marmo. Da quando gli sto alle costole, ha steso circa venti persone che lo prendevano in giro in un modo o nell'altro per quelle pubblicità di Heloise e, per ora, non si è scomposto nemmeno un capello. Non voglio che si arrabbi con me. E anche Carstairs gli gira alla larga.

– Questo mi ricorda – disse Melissa – che devo ringraziarla molto per aver lasciato Carstairs con me.

– Che ha fatto? – chiese Doan.

– Ci vorrebbero due ore per raccontarlo, ma può riprenderselo subito.

– Guardi – disse Doan serio – so che è una canaglia, ma penso che sarebbe meglio se lo tenesse con lei. È abbastanza intelligente da farle la guardia.

Carstairs si alzò. Guardò Melissa freddamente negli occhi, poi guardò Doan. Dopodiché, scese gli scalini e si allontanò di circa venti passi, la distanza giusta per non sentirli, e si sdraiò sull'erba.

– Lo irrita che la gente parli di lui – spiegò Doan. – Perché non può controbattere, grazie a Dio. Sarebbe meglio che gli permettesse di seguirla.

– E perché?

– Senta – disse Doan – c'è stato un ladro nel suo appartamento la notte scorsa, ricorda?

– È stato un incidente. Che fosse nel mio appartamento, voglio dire.

– Pensa che Frank Ames si sia tagliato la gola per incidente?

Melissa rabbrividì.

– E c'è di più – continuò Doan. – Quell'uccel di bosco non era un'allucinazione né uno scherzo. Ha un coltello e una pistola, e stanotte non era la prima volta che li usava.

– Chi pensa che fosse?

– Non lo so. E lei?

– Non lo so!

– Ci ripensi – le chiese Doan. – Pensi a come appariva, a come si muoveva. Ha un'immagine mentale?

– S... sì.

– Poteva essere una donna?

– Cosa? – disse Melissa fissandolo.

– Humphrey ha lanciato una supposizione in tal direzione, e a volte, per puro caso... afferra un'idea che può aver senso. Pensa che questo ladro potesse essere una donna vestita da uomo?

Melissa si tastò la mascella. – No.

– Il pugno non significa nulla. Alcune donne possono colpire molto duro. È una questione di tecnica non di forza. Continui a pensare. C'era nulla di strano o insolito in questo tizio?

– Be' – provò Melissa, – be'...

– Avanti.

– Niente di definito. Ma qualcosa nel modo in cui si muoveva... Qualcosa di sinistro e strano, eppure terribilmente familiare... Qualcosa di sfuocato...

– Quanto bene conosce Beulah Porter Cowys?

– Oh, non sia ridicolo!

– Non lo sono – disse Doan. – Sono preoccupato. Le ripeto che si tratta di un vero mascalzone. Molto abile. Usa una calibro 22 che è un'arma molto leggera, ma non importa quanto sia grande il buco che ti fanno quando ti colpiscono, se è in una parte vitale. Stanotte ha sparato al buio, non poteva vedere il bersaglio, e non poteva avermi visto per più di un secondo. Ha sparato molto velocemente, ma mi avrebbe colpito lo stesso tutte e tre le volte se non mi fossi mosso nella direzione sbagliata al momento giusto. Odierei incontrarlo di nuovo quando può vederci bene.

– Mi sta spaventando adesso.

– Ci sto provando. Ci pensi ancora. Cosa stava facendo quando l'ha visto?

– Sembrerà sciocco, ma stava guardando un paio di mie calze come se non ne avesse mai viste prima.

– Non ha preso nulla?

– No.

– Dove ha rovistato, oltre che nei suoi cassetti o nell'armadio o quello che era?

– Niente. Solo quel cassetto.

– Già – disse distrattamente Doan.

– Sta realmente considerando Beulah come sospetta?

Doan aggrottò la fronte. – Non capisco come avrebbe potuto essere lei. Aveva il tempo, va bene. Lei era ancora svenuta quando è arrivata, e Trent dice che dovevano essere passati sette o otto minuti da quando io ero andato all'inseguimento. Ma era così occupato a non saper cosa fare con lei che per quanto lo riguarda poteva essere passata un'ora. Ho fatto un po' di esperimenti. Nel suo appartamento, con la porta chiusa, sarebbe difficile sentire una sirena dei pompieri. Nessuno degli altri vicini l'ha sentita. Noi sì, perché la sua porta era aperta e il corridoio amplifica i suoni. Ma se Beulah Porter Cowys avesse avuto una calza in testa, l'avrebbe avuta con sé. E anche la pistola e il coltello, e questo non appare logico. Però, possiede un paio di guanti di pelle nera.

– Ha frugato nel suo appartamento?

– Certo.

– Come è entrato?

– Le serrature in quell'edificio sono facili da aprire. Naturalmente, potrebbe anche aver fatto il giro dell'edificio e essere andata sul davanti dopo avermi sparato, è fisicamente possibile, ma non credo che ce l'avrebbe fatta senza che Carstairs la vedesse.

– Perché non fa annusare in giro da Carstairs per fargli individuare chi era?

– Carstairs? – disse Doan. – Non è quel tipo di cane. Il suo fiuto non è migliore del mio. Lui lavora con le orecchie e con gli occhi.

– Senta – disse Melissa – perché è così interessato al mio ladro e a me?

– Perché, Melissa – disse Doan con voce languida, – io l'amo. Mi ero dimenticato di dirglierlo?

– Puah – disse Melissa. – Come scusa non regge. Avanti. Io ho collaborato. Ora, me lo dica.

Doan parlò lentamente. – Ho notato qualcosa che non credo Humphrey abbia visto. Sa quel cartello nell'atrio del Pavillon? Quello che indica i nomi degli inquilini con il numero dell'appartamento che occupano? Ebbene, l'amministratore o qualcun altro aveva già messo il nome di Trent in corrispondenza del suo appartamento e viceversa, ieri sera. Capisce, perché Trent insiste per scambiare con lei il suo appartamento e...

– So bene chi vuole cambiare appartamento e perché.

– Ah – disse Doan. – Be', il divanetto dell'appartamento di Trent è maledettamente corto. Ora, se lei mi lasciasse solo dormire nel letto pieghevole del suo salotto...

– Non mi interessa un simile accomodamento.

– Okay – disse Doan.

– Ehi, un momento! – disse Melissa. – Non cerchi di cambiare argomento. Lei è così interessato a questa faccenda perché pensa, sulla base di quel cartello, che il ladro abbia sbagliato appartamento. Lei crede che lui volesse andare nell'appartamento di Trent invece che nel mio!

– Sì – ammise Doan. – E credo che questo sia il motivo per cui stava guardando le sue calze in maniera così sconcertata quando lei l'ha visto. Naturalmente, non si aspettava di trovare un cassetto pieno di roba femminile nell'appartamento di Trent.

– E cosa pensa che si aspettasse di trovare?

– Non lo so. È questo che mi preoccupa. Questo tizio non è un ladro qualunque, non è del tipo domestico, un ladruncolo di appartamenti. Ad ogni modo, Trent non ha molti soldi, a parte un bel gruzzolo di paga arretrata della marina che tiene in banca. Non ha un rubino da marajah e nemmeno dei piani segreti per bombe atomiche. Non riesco ad immaginare cosa cercasse il ladro, e perché era disposto a tanto per non farsi prendere. Supponiamo che io l'avessi preso, o meglio che l'avesse preso Frank Ames. Il ladro non aveva rubato nulla. Tutto quello che rischiava erano un paio d'anni di galera per scasso e infrazione. Eppure, era pronto e disposto ad uccidere per evitarlo. Non ha senso.

– Dunque lei pensa che sia una donna.

Doan digrignò i denti. – Non per questa ragione. Ma a volte fanno strane cose quando sono morse dalla tarantola dell'amore, e Trent è dinamite in questo contesto.

– Ohoh! – esclamò all'improvviso Melissa.

– Che c'è ora? – le domandò stanco Doan.

– Ora sto incominciando a capire il significato di tutte queste sue domande viscide e maliziose. So chi sta puntando.

– Si rilassi, adesso – le consigliò Doan.

– No. Lei sta pensando a qualcuno il cui nome inizia per H e che gira per Hollywood.

– C'è sempre la legge contro la diffamazione – le ricordò Doan.

– Sciocchezze. Non mi meraviglio che sia preoccupato. Lei ha paura di star facendo la guardia a Trent per salvarlo proprio da chi l'ha ingaggiata.

– Ha una mente malvagia, Melissa – disse Doan.

– Vero, eh? Ma funziona, no? Dunque, Heloise è una tiratrice scelta con la pistola, eh?

– Non lo so – disse Doan. – Però faceva la lanciatrice di coltelli.

– Davvero? Dove?

– Nelle feste e nelle fiere.

– Come lo sa?

– Ho indagato su di lei. Indago sempre sulle persone che mi ingaggiano. Voglio sapere se i loro assegni sono coperti.

– Lei deve avere milioni!

– Forse, adesso – disse Doan. – Ma, negli anni Trenta, c'è stato un periodo in cui era alla corda finanziariamente. La sua organizzazione stava per fallire.

– Che era accaduto?

– Suo marito falsificò il suo nome e abusò del proprio limitato potere di avvocato per rigirare tutti i suoi averi in azioni.

– Suo marito? Vuol dire un altro? Era già stata sposata?

– Oh sì. Con un tizio di nome «Big Tub» Tremaine. Era un imbonitore ambulante.

– Che vuol dire?

– Vendeva medicine alle feste di paese e alle fiere: il Succo della Gioia di Kickaboo e la Panacea di Tutti i Mali Garantita dal Colonnello Custer e porcherie del genere. Heloise era la sua esca. Lei si metteva vestiti tutti luccicanti e una collana e lanciava coltelli per attirare la folla in modo che Big Tub potesse lavorarseli. E comunque, era bravo.

– Che gli è successo?

– È morto.

– Aha – disse Melissa. – Misteriosamente, scommetto.

– No. Si è tuffato in acqua ubriaco di sua libera volontà e decisione, e di fronte a circa cento testimoni che stavano tutti cercando di fermarlo.

– Perché l'ha fatto? Uccidersi, voglio dire?

– Perché era scaltro – disse Doan. – Aveva rubato del denaro a Heloise. Il che è la cosa più grave che ci sia. Se lei gli avesse messo le mani addosso l'avrebbe bollito nell'olio o almeno squartato e fatto a pezzettini. Ha mai sentito di quell'altro tipo che aveva rubato dei soldi a Heloise?

– No – disse Melissa. – Mai. Mi racconti di quest'altro tipo.

– Non mi ricordo il suo nome, ma lavorava per lei come contabile. Escogitò un sistema complicato, e a suo dire infallibile, per manomettere i registri. Aveva racimolato la fantastica somma di un dollaro e settantasei centesimi, quando lei lo scoprì. Fu denunciato ed Heloise costrinse i giudici a processarlo anche se loro non volevano. La corte comunque prosciolse il caso. Dissero che rubare un dollaro e settantasei centesimi non era propriamente un crimine, semmai un imbroglietto. Heloise decise di continuare la persecuzione da sola e a suo modo, senza tribunali...

– Lo licenziò?

– No, lo tenne con sé, gli aumentò lo stipendio così tanto che la moglie del poveretto non gli permise di lasciare quel lavoro. Heloise lo voleva tenere sotto controllo per torturarlo. Ma non gli permise più di tenere i registri. Lo fece diventare dirigente della sezione reclami, e se si vuole avere una vita d'inferno e dannazione, basta trovarsi un lavoro nella sezione reclami di un'industria di cosmetici.

– Oh, ci credo – disse Melissa.

– Immagino sia facile da credere – le disse Doan. – Questo povero ex-contabile, dall'animo sensibile che si riscontra in molti imbroglioncelli, doveva preoccuparsi delle labbra delle donne di tutti gli Stati Uniti e di molti altri Paesi che importavano i prodotti di bellezza di Heloise di Hollywood e che non erano diventate belle come promettevano le pubblicità. Tempestavano quel poveraccio con lettere, telegrammi, telefonate e anche di persona. Erano tutte matte e alcune di loro lo erano di più. I suoi nervi cedettero.

– E alla fine cosa gli è successo?

– Impazzì, come sperava Heloise. Adesso è chiuso in un manicomio da qualche parte, in una stanza insonorizzata con dei materassi. I dottori dicono che non si riprenderà mai più.

– Oops – disse Melissa. – Questa Heloise deve essere proprio una dura.

– Lo è davvero – disse Doan. – Ma è una brava donna d'affari. Ha messo in piedi la sua organizzazione tutta da sola, sebbene usi le tecniche di adescamento che le ha insegnato Big Tub. Lui non si occupava per nulla della parte economica. Lei lo manteneva in un relativo lusso finché lui non cominciò a dare i suoi soldi agli agenti di Borsa.

– Dove si è ucciso?

– A Ensenada. Si è buttato da un molo dopo essersi riempito con la maggior parte del liquore del bar lì vicino e aver dato a tutti un affettuoso addio. Tutti pensavano che fosse solo ubriaco finché non si è buttato giù, e ci hanno messo un sacco di tempo a ripescarlo. E quando ci sono riusciti era più morto di un'aringa affumicata.

– Mi piacerebbe proprio vedere questa Heloise – disse pensierosa Melissa. – Di persona, intendo. Mi interessa.

– Davvero? – le chiese Doan. – È solo lei che le interessa?

– Non sia sciocco.

– È meglio che si dimentichi Trent. È fuori dalla sua portata.

– Ah, davvero?
– È come le dico – disse Doan. – Io le sono amico.
– Ah!
– Ci pensi un attimo. Supponiamo che per un qualche scherzo della sorte lei riuscisse a prenderselo. Lui appare bello anche alle altre ragazze, lo sa, vero?
– Sarei in grado di gestire quest'aspetto. E senza dover ingaggiare un investigatore per controllarlo. Heloise si occupa personalmente del salone di bellezza sulla Strip?
– Sì – ammise Doan. – Ma se fossi in lei, non mi farei vedere da quelle parti.
– Lo farò, se mi andrà. E penso che mi vada.
– Va bene, ma porti Carstairs con sé.
– Non posso, non ho la macchina. Ed è contro la legge portare i cani in autobus.
– Se ne occuperà lui. Ancora non ho mai incontrato un conducente di autobus che sia riuscito a farlo scendere o a non farlo salire... Carstairs!
Carstairs sollevò languidamente la testa.
– Va' con lei – disse Doan. – E attenzione.
Carstairs sollevò il labbro superiore e ringhiò verso di lui in modo elaboratamente annoiato.

Capitolo quarto

La Sunset Strip è una parte della Contea non incorporata nella città di Los Angeles e si allunga come un dito puntato dritto nel centro di Hollywood. Vi abitano attori e attrici con i loro sfruttatori o vittime, la gente che è stata mandata via da Beverly Hills, e poi ragionieri, proprietari di bar, imbroglioni falliti, antiquari, arredatori di un tipo o dell'altro, ma quasi sempre dell'altro. Sono considerati come un gruppo di gente piuttosto affascinante, cui piace attraversare la Bowery in autobus.

Heloise di Hollywood era proprietaria di un edificio nel centro di questo quartiere dalla forma affusolata. Tale edificio si stagliava nell'ambiente con le sue forme di vetro, cromo e stucco rosa e, preso nel suo complesso, era strano e assurdo come una delle allucinazioni d'autore di Salvator Dalí.

C'era stata una qualche opposizione all'ingresso di Carstairs in autobus e Melissa si sentiva ancora un po' stralunata mentre saliva gli scalini d'ingresso e spingeva la porta ricoperta da un'imbottitura rosa su cui campeggiava la scritta: «Cammino della Perfezione – Entrata».

– Insomma, in nome di Dio, entra – disse impaziente.

Carstairs trotterellò su per gli scalini e guardò dentro. Ringhiò e i peli sul dorso gli si drizzarono.

Melissa gli diede un calcio. – Avanti!

Carstairs entrò riluttante. Melissa lo seguì. Anche lei aveva i capelli dritti.

L'atrio era costituito da un ampio corridoio lungo

circa cinque miglia le cui pareti erano ricoperte di specchi. Non erano specchi deformanti, ma quasi. Erano lucidissimi e molto molto illuminati in modo da ingrandire un po' tutto. Melissa si guardò mentre camminava perché non poteva evitarlo. Si vide in primo piano, da capo a piedi, davanti e di dietro, sotto angoli molto particolari e interessanti. Era la promozione alle vendite di un salone di bellezza più sadicamente efficace che avesse mai visto.

Anche Carstairs aveva cominciato a rabbrividire quando raggiunsero la porta a specchio alla fine del corridoio. Lei l'aprì ed entrarono in una stanza sontuosamente imbottita di stoffa nel cui esatto centro c'era un bancone rotondo di ebano. Dietro al bancone c'era una bellissima ragazza. Proprio bella. Aveva dei brillanti capelli neri ed il viso di un pallore cadaverico dai contorni tanto perfetti da incutere timore.

Le donne di aspetto simile di solito hanno la voce da cornacchie, ma questa era stata addestrata. La sua voce era dolce e attraentemente confidenziale.

– Salve, come va – disse, come se fosse realmente interessata. – Posso esserle d'aiuto?

– Penso di sì – disse Melissa. – Si può fare nulla per la mia guancia?

– La sua guancia?

– Sì. Questa. Mio marito mi ha picchiata ieri sera.

– Ma certo. Vuole che appaia migliore o peggiore?

– Cosa?

La ragazza le sorrise. – Incidenti simili capitano così raramente alle nostre clienti più sfortunate che quando succede cercano di trarne il maggior frutto possibile.

– Trarne frutto? – ripeté Melissa.

La ragazza spostò sbadatamente la mano destra facendo brillare il grosso diamante sul suo anulare.

– Ah – disse Melissa. – No. Io voglio che migliori. Il mio amante si irrita sempre quando mio marito mi picchia e io voglio che loro due rimangano amici.

– Naturalmente. Può dirmi il suo nome?

– Susan Halfinger.

– Chi la manda?
– Chi mi manda? Oh, T. Ballard Bestwyck. Il rettore del...
– Oh, sappiamo chi è T. Ballard.
– Davvero? – disse Melissa sorpresa. – Ah, certo, sua moglie.
– Moglie? – disse la ragazza, anche lei sorpresa. – Ah sì, sua moglie. Certo, certo, sua moglie.
– Mhmmh – disse pensierosa Melissa.
– Il suo cane gradirebbe qualcosa con cui giocare mentre aspetta? Abbiamo degli splendidi topolini di gomma col sonaglietto.
– No – disse Melissa valutando la proposta. – Non credo che gli interessino certe cose.
– Allora, se vuole passare nella sala d'attesa... Sì... Il nostro specialista in contusioni sarà da lei in pochi secondi.
– Grazie – disse Melissa.
Aprì la porta e spinse Carstairs in una stanza lunga e stretta piena di divanetti color rosa antico con le zampe a spirale dorate.
Sedute su uno dei divani c'erano tre signore grasse.
La più vicina sobbalzò e indicò Carstairs ammirata con l'indice grasso.
– Oooh! Guarda!
Quella al centro batté le mani e chiocciò.
– Che carino! – disse la terza. – È proprio delizioso!
Carstairs arretrò appoggiandosi a Melissa. Lei lo spinse via e si sedette su uno dei divani. Carstairs si arrampicò sopra e si accovacciò stretto alle sue gambe.
– È così carino! – disse la grassona più vicina.
– Yuuhuuh, cippi cippi cippi – disse quella nel mezzo.
– Che meravigliosi occhi marroni – disse la terza.
Carstairs mugolò con tono dolcemente terrorizzato.
Si aprì un'altra porta e una ragazza guardò dentro.
Questa era una bionda alta e fredda. Indossava un'uniforme di seta bianca, attillatissima. Sembrava il perennemente irrealizzato prototipo dell'infermiera.
– Miss Halfinger! – disse. Attese un momento, poi

disse di nuovo, ma più marcatamente, – Miss Halfinger.
– Eh? – disse Melissa. – Ah, sì.
Si alzò e si avviò verso la porta. Carstairs si avviò insieme a lei.
– Tu stai qui – ordinò Melissa.
Carstairs la fissò con incredulo sgomento.
– A cuccia – disse Melissa. – Aspetta qui.
Carstairs uggiolò in modo pietoso.
– A cuccia! – disse Melissa sbattendo a terra un piede.
Carstairs cominciò riluttante a ripiegarsi.
– Yuhuuh – chiocciò la grassona di mezzo.
– È proprio meraviglioso – disse la terza grassona.
Melissa chiuse la porta e seguì la bionda lungo un corridoio che aveva il pavimento di sughero marrone scuro, le pareti beige e il soffitto giallo. Ad ogni lato, ad intervalli regolari, si aprivano delle stanze chiuse da tende di lucida seta bianca. Dall'interno di quelle stanze provenivano distintamente secchi rumori di massaggi, scricchiolii di giunture riluttanti, conati, urletti, lamenti e singhiozzanti richieste di pietà.
Melissa e la sua guida girarono l'angolo e passarono in un terribile posto pieno di maligne spire di vapore che si avviluppavano intorno a delle cose rosa bollite che strillavano e si agitavano nella loro agonia.
– Qui – disse la bionda, facendo frusciare di lato una delle tende di seta lucida.
Questa stanza era della grandezza di una normale stanza d'albergo. Conteneva una scrivania, una sedia e un lettino, corredato di sali profumati e telefono. Era irritantemente antisettica, come una sala chirurgica.
– Si tolga i vestiti – disse la bionda. – La doccia è dietro quella porta.
– Cosa? – disse Melissa. – Aspetti un minuto. Mio marito combatte lealmente. Mi ha colpita una sola volta. Non mi ha presa a calci dopo che sono caduta.
– Il Cammino della Perfezione – disse la bionda, – consiste nel completo riallineamento di tutte le parti del corpo per esprimere la poesia della vera bellezza.
– Okay – disse Melissa.

– Gli asciugamani sono sul tavolo. L'acqua è energetizzata e elettronizzata. Torno dopo.
– Lo faccia – disse Melissa.
Si spogliò e si mise una cuffia da bagno contenuta in una busta di plastica sigillata. Aprì la porta che le aveva indicato la bionda. Il vano doccia era circa tre metri per tre, tutto ricoperto di lucide piastrelle nere e con un pannello per la regolazione dell'acqua complicato come quello di un aeroplano. Melissa girò qualche manopola, ne tirò qualche altra per un po', poi finalmente trovò la giusta combinazione. C'erano circa mille getti d'acqua di varia capacità ed intensità e da alcuni evidentemente sgorgava colonia invece di acqua.
Melissa entrò e cominciò a godere. Rimase sotto finché non iniziò a sentirsi come lavata via, poi uscì e prese uno degli asciugamani. Era grande come un lenzuolo e soffice come una nuvola. Era tutta avvolta in esso quando sentì il primo urlo.
Non vi prestò attenzione.
Immediatamente ne seguirono molti altri. Erano urla forti e molto spaventate di voci diverse che si mescolavano in una sorta di progressione cromatica che non era spiacevole da ascoltare. Melissa smise di asciugarsi per ascoltare. Le urla continuavano ad aumentare in volume e acutezza, e ora c'erano degli altri rumori, uno sbatacchiare metallico e il fragore di vetri frantumati.
In mezzo a tutto ciò, come melodia di sottofondo, una specie di ululato. Melissa all'improvviso riuscì ad isolare quest'ultimo suono e ne identificò la fonte. Si precipitò nel corridoio tirandosi dietro l'asciugamano.
Ora le urla erano oltremodo assordanti. Avevano cominciato a farsi eco tra loro e ad incontrarsi a mezz'aria. L'aria stessa aveva cominciato a fremere e a palpitare.
Carstairs sfrecciò da dietro l'angolo del corridoio, piegandosi di lato e sgrattando il pavimento per far presa. Teneva la bocca aperta e faceva un gran baccano.
– Qua! – disse Melissa agitando l'asciugamano.
Non aveva nulla addosso se non la cuffia da bagno.

Non era che un'altra donna nuda. Carstairs ululò, inchiodò e ritornò dietro l'angolo del corridoio. Le urla raddoppiarono.

Melissa corse, cercando freneticamente di avvolgersi nell'asciugamano. Raggiunse l'angolo. Si sentivano urla a destra e urla a sinistra, e davanti che si rincorrevano in una fantastica concatenazione. La loro intensità sembrò concentrarsi sulla sinistra. Melissa si diresse da quella parte.

Entrò in una stanza lunga e dal soffitto basso dove delle lampade solari si snodavano come cobra di cromo tra le donne urlanti che si avvinghiavano l'un l'altra. Di corsa, attraversò un'altra stanza in cui le donne indifese erano inghirlandate con le metalliche forcine e bigodini per la permanente. Uscì in un'altra sala giusto in tempo per vedere Carstairs che si fiondava con grazia sopra una pila di malcapitate schiamazzanti.

Melissa si fece largo a spintoni tra i corpi sudacchiosi e tremanti e fu di nuovo in campo aperto. Carstairs si era imbattuto in una parete chiusa e stava tornando indietro correndo con uno sforzo disperato e trascinante.

– Fermati! – strillò Melissa. Gli si mise davanti a braccia aperte.

Carstairs sterzò e le sfrecciò di lato infilandosi in una delle tende si seta. Melissa lo seguì. Era una sala col soffitto basso, umida, col pavimento di piastrelle bianche e le pareti che luccicavano per il vapore. Carstairs si diresse verso la porta dalla parte opposta.

Proprio di fronte a questa porta c'era un'apertura oblunga sul pavimento, appena più lunga e più larga di una tomba. Era colma fino all'orlo di qualcosa di nero e malignamente viscido. Carstairs pensò di saltarla. La zampa gli scivolò.

Ululò, un'ultima, desolata nota di completa disperazione. Cadde disteso per tutta la sua lunghezza nel bagno di fango, e il fango schizzò per aria come un'esplosione e impiastricciò tutta la sala e tutto ciò che conteneva, Melissa compresa.

Carstairs non era in grado di produrre alcun altro suono, ma non era ancora sconfitto. Si agitò freneticamente per uscire. Melissa si levò il fango dagli occhi e colpì col pugno nel posto dove pensava approssimativamente che fosse la testa di Carstairs.

– Fermati, fermati!

Carstairs non poteva fermarsi. Riuscì a venir fuori dal bagno di fango, trascinando con sé gran parte del contenuto. Uscì dalla porta, incespicando, e si catapultò in un'altra sala seguito da Melissa che si trascinava e cercava di acchiapparlo.

La porta alla fine di questa era chiusa. Carstairs vi si tuffò contro e la colpì con tutta la forza che gli rimaneva. La porta si spalancò. Carstairs atterrò nella sala d'attesa. Le tre grassone se ne erano ormai andate. Carstairs cercò debolmente di strisciare sotto uno dei divanetti, ma Melissa gli si buttò sopra.

– Carstairs! – urlò furibonda. Scavando nel fango, trovò un orecchio e lo tirò forte. – Sono io! Sono qui!

Carstairs uggiolò verso di lei con compassionevole sollievo. Cercò di sedersi sul suo stomaco.

Melissa lo spinse via. – Datti un contegno, imbecille!

Sentì delle ginocchia che le spingevano la schiena e vi si appoggiò distrattamente. – Togliti di mezzo... lasciami spazio per... Che? – Girò lentamente la testa.

Eric Trent era seduto sul divanetto a bocca aperta.

Ci fu uno di quei silenzi memorabili.

Melissa si ricordò improvvisamente dell'asciugamano. Lo tirò su. Fu peggio. Lo tirò di nuovo giù. Non andava bene lo stesso.

– Si volti, non mi fissi come un idiota! – ringhiò.

Trent parve non aver sentito. Sul suo volto c'era un'espressione a metà tra il sorriso divertito e l'apprezzamento artistico.

– Oddio, Melissa – disse – lei è proprio... proprio meravigliosa, cioè... voglio dire...

– So cosa vuol dire! – sputacchiò Melissa. – Questo è l'effetto di quegli anni al circolo polare, o su un iceberg o dove diavolo è stato, vero? Starsene lì a fissare donne nude senza far niente!

Prese una manciata di fango dalla coscia e gliela tirò. – Mi ha sentito? Ho detto si volti!

Il mucchietto di fango centrò Trent al naso. Voltò la testa così velocemente che gli scrocchiò il collo.

Melissa risistemò l'asciugamano. – Va bene, ora – gli disse.

Trent la guardò e deglutì. – Ha avuto un incidente, o cosa?

– Io? – disse Melissa. – No. Faccio queste cose tutti i giorni.

Trent deglutì di nuovo. – Ah, capisco.

Melissa si tolse la cuffia da bagno e lo colpì rabbiosamente con quella. – Perché continua a seguirmi e a spiarmi?

Trent parò il colpo col braccio. – Non la sto seguendo e non la sto spiando.

– Bugiardo. Doan le ha detto che venivo qui e lei è venuto a curiosare.

– Doan non mi ha detto niente. Non sapevo che lei fosse qui.

– Puah! Devo supporre sia venuto per farsi una permanente, allora? Non ne ha bisogno. Quella che ha tiene ancora.

– Sono venuto – disse con calma Trent – perché mia moglie mi ha mandato a chiamare.

– È stato molto carino da parte tua, Eric – disse una nuova voce. Era una voce rocamente profonda e dolce allo stesso tempo. Sembrava un po' come il rumore di una palla da biliardo che scorre su un panno bagnato.

Melissa girò di nuovo la testa lentamente...

Era Heloise di Hollywood. Era alta, diritta e morbidamente magra. I suoi occhi erano verde giada. Non c'era una linea sul suo volto né una ruga sul suo collo, eppure aveva cinquantaquattro anni. Nessuno al mondo avrebbe potuto apparire duro quanto era lei in quel momento. La sua durezza non era una maschera, e non era nemmeno sfumata. Irradiava tanto calore quanto un diamante.

Studiò Melissa per un attimo. – È suo quel cane?

– È sotto la mia responsabilità.
Heloise annuì. – Mi chiedo se lei sta mentendo... di nuovo.
– Cosa vuol dire?
– Lei si chiama Melissa Gregory, non Halfinger.
– Mi chiamo come mi piace di chiamarmi.
Heloise scosse le spalle con indifferenza. – Forse. Conosco il cane. È di Doan. Gli dovrebbero sparare. È pazzo, credo. Ha cominciato questa apocalisse solo perché una delle mie più stupide clienti, che stava aspettando qui, ha cercato di legargli un nastro rosa attorno al collo.
– Questo farebbe impazzire anche me.
Heloise la studiò di nuovo, poi guardò Trent. – Ho paura che i tuoi gusti si stiano deteriorando, mio caro. Questa ragazza è una frana. Ed ha anche i piedi sporchi.
Era vero.
Trent si pulì il fango sul naso con un dito e disse: – Non esagererei, fossi in te, Heloise.
– Davvero, Eric? – chiese Heloise con pigro interesse.
– Già.
Si guardarono l'un l'altro, Melissa tremò.
La recezionista entrò dall'atrio. – Signora, ci sono due uomini fuori.
– Interessante – disse Heloise.
– Dicono tutti e due di essere investigatori. Sono ammanettati insieme.
– Li faccia entrare.
– Sì, signora. – La recezionista aveva cercato seriamente di trattenersi, ma la tentazione fu troppo forte. Girò gli occhi verso Eric Trent e ondeggiò le anche verso di lui.
In un solo, liscio e mortale movimento Heloise afferrò un pesante portacenere di cristallo e lo tirò. La recezionista chiuse velocemente la porta. Il portacenere fece un'ammaccatura sulla porta e cadde a terra con un tonfo.
– Doan deve essere di nuovo nei guai – disse sbadatamente Heloise.

Humphrey aprì la porta con una spallata, trascinandosi dietro Doan.
– Salve a tutti – disse cordialmente Doan.
– Silenzio – gli ordinò Humphrey, tirando le manette che legavano il suo braccio sinistro al destro di Doan. – Che sta succedendo qua? Ho sentito un sacco di urla.
– Un paio delle mie clienti hanno avuto un attacco isterico – gli disse Heloise.
– Sembrava più un... – Humphrey si fermò e fissò incredulo la scena. – Ohooh! Guarda un po'. Ohoohoooh! – Si appoggiò pesantemente alla parete, tremando irrefrenabilmente dalle risate.
Heloise disse impaziente: – Porti dentro quel cane e lo pulisca. E sarà bene che nel frattempo faccia qualcosa anche per sé.
Melissa brancolò tra la crosta di fango e localizzò il collare di Carstairs. Lo portò verso la porta. Quando la raggiunsero, Carstairs si dimenò dalla sua presa e si girò. I suoi occhi erano iniettati di sangue.
Humphrey smise di ridere.
Carstairs si voltò nuovamente e precedette Melissa attraverso la porta. Lei la chiuse violentemente dietro di sé.
– Senta – disse Humphrey a disagio – non mi è piaciuto il modo in cui mi ha guardato, adesso.
– Ci ha pensato un po' troppo tardi – disse Doan. – Cerchi di non farsi sorprendere da lui in un vicolo buio. La gente che ride di lui spesso ha degli incidenti fatali.
– Ha già causato molti incidenti qua dentro – disse Heloise. – Ha scorrazzato come un pazzo. Deve aver fatto almeno mille dollari di danni.
– Questo non è stato carino da parte sua – disse Doan. – Gli parlerò molto severamente.
– Non solo, ha anche provocato un attacco generale di isterismo alle mie clienti.
– Lo metta in conto a loro.
Heloise lo fissò. – Sa, qualche volta lei è molto brillante. – Schioccò le dita.
La recezionista aprì la porta e si affacciò con circospezione. – Sì, signora?

– Raddoppi tutti i conti del pomeriggio.

– Sì, signora.

Nell'altra stanza, una delle ragazze ricominciò la solfa delle urla.

Le narici di Heloise si allargarono. – Se quel cane...

L'urlo si srotolava dal corridoio verso di loro, poi la porta della sala d'attesa venne spalancata.

– Diavolo – disse Humphrey con un mormorio sgomento.

L'urlatrice era rosea, enorme e nuda come il giorno che era nata.

– Omicidio! – gridò verso di loro. – Omicidiooo!

Poi, svenne, cadendo in un grasso mucchietto tremante.

– Diavolo – disse Humphrey, ancor più sgomento.

Un'inserviente tutta in bianco arrivò nel corridoio portando un lenzuolo che fece ricadere sull'urlatrice. Anche il lenzuolo cominciò a tremare in modo soprannaturale.

– Signora – disse l'inserviente – c'è un cadavere in una delle stanze per i massaggi.

– Cosa? – disse Humphrey, afferrando improvvisamente il concetto. – Cos'era?

– È una cliente? – chiese Heloise.

– Sì, signora.

– Ehi! – disse Humphrey. – Un cadavere? Ho sentito bene? Ha detto «cadavere»?

Heloise scavalcò il lenzuolo tremante e si avviò lungo il corridoio. – Che numero?

– Sette, signora.

– Andiamo! – disse Humphrey. Si fiondò dietro ad Heloise trascinando Doan nella sua scia.

Eric Trent si alzò dal divano e li seguì. Heloise girò a destra al primo angolo, poi di nuovo a destra, infine si fermò e tirò una delle tende bianche.

Era una stanza simile a quella che aveva usato Melissa, eccetto che in questa, sotto la luce al centro, era fissato a terra un lettino da massaggi bianco con le zampe tubolari splendenti. Sopra vi era una donna, tutta coperta con un lenzuolo tranne la faccia ossuta a forma di becco e i lunghi piedi con le dita rattrappite. La lingua le pendeva fuori dalla bocca come in un ultimo, sardonico gesto di sfida. Era stesa proprio come se fosse all'obitorio, ed era appena morta.

– È la vecchia donna magra! – rivelò Humphrey. Si agitò nelle manette. – Come si chiama?

– Beulah Porter Cowys – disse Doan.

Heloise le si avvicinò e tirò un po' giù il lenzuolo. Tutti videro i marchi blu e neri lungo la linea del collo.

– Strangolata – disse Eric Trent.

Humphrey alzo l'indice appuntito. – E lei era qui quando è successo! L'ho tenuta d'occhio tutto il tempo, ragazzo! Lei temeva che questa vecchia signora magra spifferasse a sua moglie di lei e di quella Melissa, e così l'ha seguita qua e ha lasciato Doan di fuori a fare da palo e ha fatto infuriare quel dannato Carstairs per creare confusione e poi le ha tirato il collo!

– Come si chiama lei? – chiese freddamente Heloise.

– È sempre lui – disse Doan.

Heloise passò oltre il lettino e prese il telefono. – L'ufficio dello sceriffo. Il quartier generale.

– Non le servirà assolutamente a nulla – la informò Humphrey – perché questo è un chiarissimo caso di cospirazione...

Heloise cominciò a parlare al telefono. – Pronto. Sono Heloise di Hollywood. Voglio parlare col suo capo. Pronto, Mouthy? Heloise. Uno dei miei amici ti ha parlato ieri sera circa una delle tue scimmie ammaestrate. È qui al mio salone, ora. Mi sta dando fastidio. Mi sto stufando del suo modo di fare, Mouthy. Voglio che tu gli parli. E questa volta chiarisci bene come stanno le cose. – Porse il telefono a Humphrey.

Humphrey lo prese amareggiato. – Pronto. – Dal telefono usciva un brusìo concitato simile al rumore di un serpente a sonagli. – Sì, signore... ma... Sì, signore... Ma io... Sì, signore. No, signore... Ma c'è stato un altro omicidio, proprio qua... Sì, signore... Sì, signore... Sì, signore... Sì, signore... Sì, signore – Il telefono si acquietò e il brusìo cessò.

– Allora? – disse Heloise. – Ha le idee chiare, ora?
– Sì, signora – disse Humphrey con dignità.
Due agenti in uniforme di quelli che guidano le auto fornite di radio dello sceriffo, fecero irruzione nella stanza.
– Salve – disse uno di loro, riconoscendo Humphrey. – Una donna ha chiamato dicendo che c'era stato un omicidio.
– Zitto – disse Humphrey. – Non dire nemmeno quella parola. È tutto un errore. La signora, qui, si è suicidata.
– Eh? – disse l'agente. – Suicidio? Ma ha segni di dita intorno alla gola.
– Si è soffocata a morte! – ringhiò Humphrey. – Sono forse affari suoi? Vuoi disturbare le clienti? Lascia perdere! Andate via!
Gli agenti indietreggiarono riluttanti. Uno disse: – Ma, noi dovremmo fare rapporto...
– Sì – disse Humphrey. – Allo sceriffo, e voglio proprio esserci quando lo farete. Voglio sentire. Vengo con voi, adesso.
Si avviò lungo il corridoio.
Doan lo tirò e lo fece fermare. – Non voglio continuare ad andare in giro legato a lei.
– O cammina, o la trascino.
– Un momento – disse Trent. – Perché l'ha arrestato questa volta?
– Per vagabondaggio e tentato furto di automobile. Stava bighellonando davanti a una macchina che non era sua.
– Era la mia macchina – disse Trent. – Gli ho detto di aspettare un momento, lì, mentre ero dentro.
– Gli tolga le manette – disse Heloise.
– Sì, signora – disse obbediente Humphrey.
– Se ne vada fuori di qui – disse Heloise. – E ci rimanga.
– Sì, signora – disse Humphrey.

Le ombre si allungavano sottili sulle sezioni geometriche del prato, mentre Doan ed Eric Trent lo attraversavano diagonalmente davanti al Quad. Trovarono Humphrey che se ne stava a meditare seduto sugli scalini di fronte al Vecchio Chim. Stava tutto ripiegato, con il mento appoggiato tristemente sulle mani. Aveva l'aria di uno che era rimasto seduto in quel modo per parecchio tempo e intendesse rimanervi finché non avesse avuto ciò che voleva.

– Guarda un po' chi sta bighellonando, ora – disse Doan.

– Zitto – disse Humphrey. Stava guardando Trent. – Che fa lei qui? Non ha lezione a quest'ora.

– Non credo siano affari suoi – lo informò Trent, – ma comunque glielo dico. Sono venuto per fare una lettura dei miei strumenti al tramonto.

– Che strumenti?

– Vari strumenti per la rilevazione del tempo. Non saprebbe cosa sono anche se le dicessi come si chiamano.

– Cosa sta facendo lei qui? – chiese Doan.

Humphrey lo fissò. – Lei è molto bravo, Doan.

– Tutto d'un tratto – disse Doan.

– Sì. Lei è bravo, e ha molta artiglieria pesante nella forma di forti influenze, schierata dalla sua parte. Ma anche io sono bravo.

– Non sta scherzando? – chiese Doan sorpreso.

– Sì, e sono pazzo.

– Oddio – disse Doan.

– E ho avuto un'idea.

– Oddio.

– Vuole sentirla?

– No.

– Invece la sentirà – disse Humphrey. – La mia idea è quella Melissa Gregory.

– Perché non si rilassa un po', Humphrey?

– Zitto. Melissa Gregory è alla base di questa faccenda, e lei non mi porterà fuori strada con le sue false tracce.

– Dobbiamo supporre che si sia data da sola un pugno sulla mascella?

– No. Non voglio dire che sia l'assassino. Ma il movente. Trent l'ha colpita.

– Cosa? – disse Trent incredulo. – Sta dicendo che io l'ho colpita? Senta lei. Lei non può andare in giro a lanciare accuse simili a me o a Melissa. È una brava ragazza e non sopporterò altra gente che ne parli male.

– Lo sapevo! Lo sapevo! – rise Humphrey. – Lei sta prendendo le sue difese e questo significa una cosa sola... è pazzo di lei.

– Io? – disse Trent. – Di lei?

– Già. Questa storia di sua moglie che ingaggia Doan per controllarla è una farsa. Sua moglie è completamente in suo potere, fa tutto quello che lei le dice, e nient'altro. Non oserebbe ingaggiare un investigatore per controllarla.

– Questa versione promette di essere veramente speciale – osservò Doan. – Continui, Humphrey.

– Forse sua moglie paga Doan – disse Humphrey a Trent – ma è lei che gli dice cosa fare, e ciò che gli ha detto di fare stavolta era di controllare Melissa Gregory.

– E perché – chiese stupefatto Trent.

– Gliel'ho detto. Lei è pazzo di Melissa Gregory, e sospettava che stesse cedendo alle proposte di Frank Ames. Non c'era nessun ladro mascherato stanotte. Lei possiede una chiave del suo appartamento e la stava aspettando là quando è rientrata. L'ha colpita perché era uscita con Ames.

– Davvero? – chiese Trent sbalordito.

– Sì, davvero. Ha urlato prima di essere colpita e quella Beulah Porter Cowys è arrivata di corsa e ha visto e sentito abbastanza per capire cosa stava succedendo in realtà. Lei ha chiamato la polizia nel tentativo di coprire le cose con quella storia assurda del tizio con la maschera fatta con la calza. Ma non ha ingannato assolutamente Beulah Porter Cowys. Oggi pomeriggio, era andata a Hollywood per spillare qualcosa a sua moglie raccontandole tutto di lei e Melissa Gregory. Non avrebbe ricavato un soldo da sua moglie, come ho detto, ma lei ha dovuto farla fuori lo stesso perché Doan aveva fatto fuori Ames,

e Beulah Porter Cowys avrebbe potuto spifferare tutto.
– Mi stavo domandando quando sarei comparso in questa storia – osservò Doan.
– Lei ha seguito Ames e Melissa – gli disse Humphrey. – Gironzolava fuori dell'edificio, come al solito. Ames ha visto e sentito qualcosa, è uscito dalla macchina con l'intenzione di farla pagare a Trent per aver picchiato Melissa. Quel suo dannato cane ha inseguito Ames e lo ha rincorso fino al vicolo, lo ha messo in un angolo, e lei gli ha tagliato la gola.
– E chi mi ha sparato?
– Nessuno. Lei aveva due pistole. Ha sparato in aria con una, poi l'ha data a quel dannato Carstairs e lui l'ha sepolta in uno dei terreni senza case qua intorno.
– Congratulazioni, Humphrey – disse Doan.
– È incredibile! – sbottò Trent. – Questa è la trama più assolutamente fantastica di un crimine assurdo che abbia mai sentito!
– Proprio così, ragazzo – disse Humphrey, annuendo verso di lui con aria significativa. – Volevo solo che sapesse che le sto dietro. E io prendo sempre il mio uomo.
– Il crimine non paga – aggiunse Doan.
Qualcosa passò nell'aria tra Trent e Doan con un maligno sibilo tagliente. Colpì il marciapiede a destra del piede di Trent e andò in frantumi schizzando schegge. Era una grossa tegola concava.
– Che? – disse Humphrey alzando la testa.
– Le faccio solo presente – disse Doan, alzando anche lui lo sguardo – che né io né Trent abbiamo tirato una tegola.
– Ah – disse Humphrey. – Nessuno ha tirato...
Ci fu un urlo. Sembrava acuto, sottile e lontano. Un vetro tintinnò debolmente.
– I miei strumenti! – sobbalzò Trent. Si lanciò su per gli scalini.
– Aspetti un momento! – urlò Humphrey. Corse nell'atrio e seguì Trent su per le scale, tirandosi su le falde del cappotto e cercando di afferrare la pistola nella fondina alla cintura.

Doan girò sui tacchi e corse dall'altra parte lungo l'edificio. Aveva tirato fuori la pistola. L'erba era soffice, spugnosa e silenziosa sotto i suoi piedi. Si infilò in una siepe e sbucò davanti alla porta stretta e scura del retro dell'edificio.

Aspettò, ansimando un po'. Non accadde nulla. Nessuno uscì. Poi, un rumore roco e mezzo soffocato arrivò come un'onda da sopra. Sulla cresta c'era la voce ululante di Humphrey.

Doan si lanciò dentro l'edificio. Trovò la stretta scala a chiocciola del retro e la salì a quattro scalini alla volta. Girò intorno ad un angolo, in cima, e si trovò nel corridoio del primo piano. Corse verso l'ufficio di Melissa. Si fermò di botto sulla soglia.

L'ufficio era sulla buona strada per essere fatto completamente a pezzi. Morales e il professor Sley Mynick occupavano il centro del vortice in una sorta di girandola, strapazzandosi da una parte e dall'altra, e strillando come due indemoniati. Il professor Sley Mynick aveva una presa da boa constrictor intorno alla vita di Morales. Morales lo stava colpendo in testa coi pugni e allo stesso tempo cercava di dargli dei calci. Humphrey correva intorno ai due cercando di afferrarli in qualche modo.

Doan sparò verso il soffitto e per un secondo l'azione furibonda si placò come congelata.

Poi, Humphrey afferrò Morales per il collo. – Che pensa di fare? Che succede... – Scosse Morales come uno straccio.

Trent stava cercando di allentare la presa del professor Sley Mynick. Gli occhiali opachi del professore erano andati, schiacciati sotto i piedi, la sua faccia grassa era terribilmente contorta, con i baffi arricciati che ondeggiavano e tremavano come avessero una vita propria.

– Che succede? – chiese Trent. – Che succede?

Il professor Sley Mynick crollò in una posizione semi accasciata. – Geheim Staatspolizei! – urlò indicando col dito tremante Morales. – Geheim Staatspolizei! Yah, Yah!

– Maiale! – Morales gli sputò.

Humphrey lo scosse di nuovo. – Silenzio! Che sta dicendo il vecchio?

– Geheim Staatspolizei, è tedesco – disse Trent, perplesso. – Vuol dire Polizia Segreta Tedesca, credo.

– Certo – disse Doan. – La Gestapo.

– Gestapo? – ripeté Humphrey. – Quelli ormai sono tutti in prigione o impiccati o cose simili.

– Nein – strillò il professor Sley Mynick. – No! Lui è uno di loro! Lui! Quello!

– Figlio di cagna! – disse Morales.

Humphrey gli diede un altro scossone. – Tenga chiusa quella boccaccia, o si ritroverà con qualche dente in meno. Trent chieda al grassone cosa sta succedendo.

Il professor Sley Mynick deglutì, cercando disperatamente le parole.

– Fanno sempre così! Sì! Geheim Staatspolizei! Rompono tutto, picchiano! Le apparecchiature scientifiche! Hanno distrutto le mie in Ungheria! E ora lui fa lo stesso! Questo qua! Le ha rotte, sul tetto! Sì, sì! Credetemi! L'ho visto! Sul tetto!

– I miei strumenti! – singhiozzò Trent.

La scaletta era ancora tirata giù nell'angolo sotto la botola che portava al tetto. Trent si arrampicò su e scomparve dalla vista. Subito dopo la sua faccia riapparve, rossa e congestionata, facendo capolino dalla botola.

– Il mio barometro e il mio anemometro, a pezzi, e c'è qualcosa dentro il mio misuratore di precipitazioni che di certo non è pioggia!

– Sì, sì! – disse il professor Sley Mynick. – Ve l'ho detto! Fanno sempre così... Geheim Staatspolizei! Distruggono sempre gli strumenti scientifici, a pezzettini!

Trent ridiscese la scaletta. Avanzò verso Morales con gli occhi pericolosamente stretti e il labbro superiore sollevato ad un angolo.

Humphrey tirò indietro Morales. – Si allontani da lui – avvisò Trent – o per prima cosa atterro lei con questa pistola. Conduco io il gioco, adesso. Questo imbecille non mi sembra proprio un tipo da Gestapo. Ehi, imbecille, ha distrutto lei gli strumenti di Trent e gli ha tirato una tegola?

– Sì – disse Morales.

Humphrey lo fissò, l'aveva preso in contropiede. – Davvero? E perché diavolo l'ha fatto?

– È un blasfemo.

– Eh? – disse Humphrey.

– Che? – disse Trent. – Cosa sarei?

– Un maiale – disse Morales. – Un blasfemo. Un bastardo maiale.

– E perché? – disse Trent. – Che ho fatto?

– La sua esistenza e le sue previsioni sono un empio insulto. Con la sua sola presenza lei nega l'esistenza di Quezatepequez.

– Chi? – gorgogliò Humphrey. – Che?

– Quezatepequez – disse Trent. – Sembra una parola Azteca.

– Maya, ignorante deficiente! – sbottò Morales. – Quezatepequez è il grande e solo dio di Tegueigalpa, il dio del cielo nero e dell'uccello tuonante. E lei, lei...! Tenta di leggere la sua mente e di predire il suo volere! Io posso farlo... solo io... sacerdote ereditario del clan di Tegueigalpa!

– Dove compare Massimiliano in tutto questo? – chiese Doan.

– Puah! Sputo sul suo nome! Lo uso solo per ingannare i maiali cristiani!

– Questo è matto – affermò Humphrey. – Lo capisco senza sentire altro. Dovrebbe essere rinchiuso, ed è proprio quello che gli accadrà. Andiamo, svitato, o penserà che l'uccello tuonante abbia fatto l'uovo proprio sul suo piatto.

– Vengo anch'io, – disse Doan. – Si occupi di Sley Mynick, Trent. Chiamerò qualcuno per aiutarla, giù da basso.

– Che erano tutte quelle storie che quel tizio urlava sulla Gestapo? — chiese Humphrey.

– Lo hanno preso una volta – spiegò Doan. – Evidentemente hanno distrutto il suo laboratorio oltre a lui, quando l'hanno preso. Quando ha visto Morales che si dava da fare sugli strumenti di Trent, ha ricollegato i fatti.

– Ci sono troppi matti qui in giro – disse tetro Humphrey. – E questi due non sono i peggiori. Perché vuole venire con me?

– Prima o poi riuscirà ad arrestarmi. Voglio vedere che tipo di trattamento devo aspettarmi. Inoltre, questo tizio mi sembra un po' violento. Forse lei avrà bisogno di aiuto.

– E suppongo che lei me lo darebbe, nel caso.

– Ne sarebbe sorpreso.

– Oh no, non lo sarei – disse Humphrey.

Capitolo quinto

È ampiamente riconosciuto dalle autorità responsabili per il rispetto della legge che gli studenti commettono raramente dei crimini seri, a parte il frequentare l'università, e che una prigione non è molto intonata al deferente disinteresse per l'andamento del mondo che vige in campus. Di conseguenza, l'ufficio dello sceriffo della sotto sezione dell'università era relegato, in modo da non dare nell'occhio, in una strada residenziale a nord del campus e camuffato sotto un tetto di tegole verdi e dietro dei candidi muri. Anche le sbarre di ferro alle finestre erano lavorate e dipinte di nero per imitare delle grate ornamentali. A quel tempo, a Hollywood, c'era l'usanza di mascherare gli scopi funzionali di molti edifici, sia pubblici che privati, come dimostra il cinema che sembra un tempio cinese, o la casa di una stella costruita nello stile di un antico bordello veneziano, o le stazioni di servizio progettate col principio degli igloo, o l'ingresso di un negozio di pompe funebri, la cui facciata potrebbe essere scambiata con l'ingresso di un ippodromo o di un parco divertimenti.

Humphrey trascinò Morales, che aveva recuperato la propria dignità, su per il sentiero stretto e pulito e attraverso le porte lucide. Doan li seguiva con una pigra andatura strascicata.

La stanza d'ingresso della sotto sezione era pulita, spoglia e impersonale come l'ufficio militare di un caporale di zona di supporto. C'erano delle sedie e una panca, e un agente in borghese seduto dietro un lungo e basso tavolo con quattro telefoni, un registro e un citofono. L'agente aveva l'aria di uno in attesa che succeda qualcosa ma che, nel caso ciò avvenisse, non saprebbe bene cosa fare.

Morales avanzò al centro della stanza, si fermò e si guardò intorno per assicurarsi di avere la completa attenzione di tutti. – Allora – disse senza intonazione alcuna.

Infilò una mano nella camicia e tirò fuori un lungo pacchetto di seta gialla e oleosa. La seta frusciò viscidamente mentre la srotolava. Morales porse ad Humphrey i documenti che c'erano dentro.

– Che? – disse Humphrey.

Doan guardò da sopra la sua spalla. Il primo foglio conteneva una foto di Morales, qualche impronta digitale ed un sigillo d'oro e marrone molto solenne.

– Questo è in spagnolo – disse Humphrey.

– Lo capisce? – chiese Morales.

– No.

Morales brontolò: – C'è nessuno in questo porcile che abbia un minimo di cultura?

Humphrey lo fissò, poi fece un cenno all'agente seduto al tavolo.

– Chiama Hernandez.

L'agente infilò lo spinotto del citofono interno. – Hernandez! Ingresso centrale!

Una delle porte sul retro della stanza si aprì e un ometto magro con i capelli grigi sbirciò dentro attraverso dei pesanti occhiali con la montatura d'osso.

– Legga questi – gli ordinò Humphrey, porgendogli i documenti. – Sono di questo uccellino.

Hernandez dette un'occhiata al primo foglio. – Bene! – disse immediatamente. Guardò incuriosito Morales. – È un capitano, un grado piuttosto importante, della polizia di stato di Coahuila.

– Che? – disse incredulo Humphrey. – Che polizia?

– Coahuila. È uno stato del Messico. Proprio sotto il confine. – Hernandez stava leggendo il secondo foglio. – Ehi! Questa è una lettera dell'ambasciatore del Messico negli Stati Uniti che chiede che a questo signore venga dato tutto l'aiuto possibile e che sia trattato con la massima cortesia. E qui ce ne è un'altra, che dice la stessa cosa, dell'ambasciatore degli Stati Uniti in Messico. Poi, ce ne è una del dipartimento di Stato, e una del dipartimento di Stato messicano, e... Wow! Una dell'FBI. È meglio che rilasci subito questo tizio, prima di scottarsi le dita.

– Sono tutte a nome di Morales? – chiese Humphrey ancora incredulo.

Hernandez ritornò al primo foglio. – No. A nome di Sebastian Rodriguez y Ruiz. Ma la foto di Sebastian Rodriguez y Ruiz è uguale a questo tizio, e la descrizione corrisponde.

– Io sono Sebastian Rodriguez y Ruiz, – disse Morales. – Morales è solo un nome finto. È convinto ora della mia vera identità? Se vuole può chiamare il console messicano a Los Angeles. Lui mi conosce.

Humphrey lo fissava con gli occhi fuori dalle orbite. – Ebbene, cos'è questa grande idea? Voglio dire, andare in giro facendo finta di essere un bidello e un uccello tuonante e cose simili?

– Si potrebbe avere un po' di privacy?

– Certo. Venga.

Humphrey fece strada verso un'altra porta in fondo alla stanza e lungo un corridoio fino ad un ufficio più piccolo.

– Si accomodi – disse. – E ora... Aspetti un attimo. – Indicò Doan col dito. – Non abbiamo bisogno di lei. Fuori dai piedi.

– No – disse Sebastian Rodriguez y Ruiz. – Voglio che ascolti quello che dico. Ho le mie ragioni...

– Va bene. Avanti.

– Mi occupo di una faccenda della massima importanza. Lo ripeto in modo che lo capiate bene: della massima importanza.

– Ho capito – disse Humphrey.

– Nello stato di Coahuila c'è un tempio molto antico e molto sacro. Non lo definirò meglio per ragioni che diverranno chiare più avanti. Questo tempio fu costruito e consacrato nel sedicesimo secolo. Vi erano custoditi un certo numero di rotoli di pergamene sacre.

– Sì – disse ansiosamente Humphrey.

– Queste pergamene erano, per molte ragioni, di grandissimo valore. Storico, per il loro contenuto. Commerciale, perché ornate di foglie d'oro eseguite dai maggiori artisti del tempo. Religioso, perché coloro che pregano nel tempio ritengono che abbiano dei poteri miracolosi.

– Sì – disse Humphrey. – Sì.

– I rotoli sono stati rubati.

– Ahah! – esclamò Humphrey.

– Devono essere recuperati. Ripeto, devono essere recuperati.

– Può scommetterci – disse Humphrey. – Stia tranquillo. Ho capito. Chi li ha presi?

– Horace Trent.

– Eeh, ah! – Humphrey sobbalzò – Lo sapevo... Che «Horace» Trent?

– Sì. Il fratello di Eric Trent.

– Bene, bene, bene – disse Humphrey.

– Horace Trent – continuò Sebastian Rodriguez y Ruiz – al momento è in prigione in Messico. Ma ha inviato i rotoli, camuffati da carte del tempo, a Eric Trent prima che lo trovassi e lo arrestassi. Ancora una volta, devo sottolineare che recuperarli è di maggiore importanza vitale che arrestare i due criminali. Eric Trent è capacissimo di distruggerli per salvarsi... e per salvare magari il fratello. È per questo che ho assunto l'identità di Morales, il bidello idiota. Volevo tenere Eric Trent sotto controllo senza destare i suoi sospetti.

– Perché ha distrutto i suoi strumenti?

– Quel professore pazzo mi ha scoperto a frugare nell'ufficio di Trent, così ho distrutto gli strumenti per distrarlo. E ci sono riuscito. Poi ho dovuto spiegare la distruzione degli strumenti con quella storia senza senso dell'uccello tuonante in modo che Eric Trent non sospettasse cosa stavo facendo. Eric Trent è molto furbo e molto pericoloso.

– Eccome – convenne Humphrey. – Ma, senta, lei non avrebbe dovuto raccontare queste cose davanti a Doan. Lui probabilmente è implicato nella faccenda dei rotoli. E se non lo è, cercherà di rubarli a Trent. È meglio che lo rinchiuda subito.

– No. Lui è quello che prenderà quei rotoli per me.

– Lui? – fece Humphrey.

– Sì. Lui è in confidenza con Trent. Può scoprire dove li ha nascosti, cioè, se non lo sa già.

– Caro mio! — protestò Humphrey – Lei non può fidarsi di Doan. Non è più onesto di un serpente.

Sebastian Rodriguez y Ruiz sorrise in modo molto sinistro. – Questa volta sarà onesto. Perché se non mi porta quei rotoli, testimonierò che l'ho visto uccidere Frank Ames.

– Che? – urlò Humphrey, saltando sulla sedia. – Lei ha visto... Doan, lo arresto immediatamente per omicidio!

Sebastian Rodriguez y Ruiz sospirò stancamente. – La, prego, si controlli. Io non testimonierò di averlo visto uccidere Frank Ames se mi porterà i rotoli.

– Lei non... – disse Humphrey tremante, rimanendo attardato di due giri sul concetto. – Lei non...

– No! Devo continuare a ripetere all'infinito che il recupero dei rotoli è assolutamente di importanza vitale? L'omicidio è solo un dettaglio minore.

– Ma... ma lei ha visto Doan...

– Certo. Io ero il ladro.

– Ugh – disse Humphrey che ormai era completamente perso.

– Sia così cortese da prestare attenzione a quanto dico. Stavo cercando i rotoli quando Melissa Gregory mi ha scoperto. Avevo pensato che Trent potesse averla persuasa a nasconderli per lui.

– Ma lei ha visto Doan...

– Sì!

– O mammamia! – disse Humphrey, emettendo un lungo e profondo sospiro di sollievo. – Finalmente. L'ho in pugno. Lei dovrà testimoniare contro di lui, volente o nolente.

– Io credo che lei sia completamente scemo – disse Sebastian Rodriguez y Ruiz. – Sarebbe meglio che lei si rileggesse quella lettera del dipartimento di Stato messicano. Io ho l'immunità diplomatica.

Humphrey si alzò e tirò la sua sedia in un angolo. Alzò i pugni e li agitò impotentemente al cielo.

– Perché chiunque io prenda deve avere amicizie o immunità o influenza o qualche altra dannata cosa? Perché? Perché? Che ho fatto per meritare questo?

Visto che nessuno rispondeva, Humphrey abbassò i pugni lungo i fianchi e per un momento apparve battuto. Ma poi una scintilla d'astuzia gli illuminò gli occhi e fissò attentamente Sebastian Rodriguez y Ruiz.

– C'è una cosa contro cui la sua immunità diplomatica non la protegge – disse. – Se io accuso lei di omicidio, sempre che non voglia testimoniare contro Doan, non c'è niente che possa fare.

Sebastian Rodriguez y Ruiz scoppiò in una lunga e grassa risata latina. Tirò su un braccio e puntò un dito verso se stesso. – Me di omicidio? Me? E mi dica, per favore, chi avrei ucciso?

– Frank Ames – disse Humphrey. – In effetti, potrei montare proprio un bel caso contro di lei. Ha già confessato di essere il ladro. E questo la mette già in scena. Tutto ciò che ho bisogno di provare è l'intenzione e il movente.

Sebastian Rodriguez y Ruiz scoppiò di nuovo a ridere. Quando ebbe finito, disse una sola parola: – Ridicolo! – Poi, accomodandosi meglio, incrociando le braccia sul petto e battendo impazientemente un piede a terra, disse: – E che mi dice di Beulah Porter Cowys? Suppongo che lei supponga che io abbia ucciso anche lei, no? Forse mi sono mascherato da lampada solare o da ondulatore per capelli per introdurmi nel Salone di Bellezza di Heloise di Hollywood?

– Forse – disse Humphrey.

– E forse no – disse Sebastian Rodriguez y Ruiz con aria fiduciosa. – Per caso non conosce una giovane studentessa molto attrante che si chiama Shirley Parker, giù all'università? Be', non importa se la conosce o meno. Miss Parker si sta specializzando. Sta per prendere il dottorato in psicologia. Sta scrivendo una tesi sul comportamento sessuale, o almeno il comportamento sessuale c'entra qualcosa, ed io la sto aiutando per raccogliere del materiale... Insomma, si dà il caso che nel preciso momento in cui Beulah Porter Cowys è stata uccisa, io ero impegnato in una piccola ricerca per conto della mia amica Miss Parker. Ero, per la precisione, in compagnia di una bionda stupenda la quale, sebbene per il momento non possa farne il nome, potrebbe essere senz'altro indotta, visto il piacere che sembrava derivare dall'assistermi nella ricerca, a testimoniare al momento adatto che...

– Che cosa? – Lo interruppe Humphrey. – Venga al punto.

– Ho un alibi – gli disse Sebastian Rodriguez y Ruiz. – Un alibi di ferro, come dite voi stupidi americani. Mi accusi di aver ucciso qualcuno o qualcosa ed io la perseguirò per diffamazione, oltraggio, arresto illegale, abuso di potere, illecito in atti di ufficio e soprattutto per persecuzione ingiustificata. Mi accusi di qualcosa, osi solo farlo! La perseguiterò per centomila dollari, o forse un milione!

– Balle! – ritornò alla carica Humphrey. – Scemenze! Se lei rifiuta di testimoniare contro Doan, la arresterò veloce come questo... – fece schioccare le dita. – Anzi – urlò ormai completamente fuori di sé per la rabbia e la frustrazione – arresterò chiunque voglio e per quello che voglio fin quando io... porterò questo distintivo. – Indicò lo scudo che portava al petto.

Con un movimento impercettibile, ma nondimeno fulmineo, il messicano si gettò in avanti, strappò lo scudo dalla giacca e lo buttò per terra.

– I suoi scoppi d'ira sono disgustosi – disse Sebastian Rodriguez y Ruiz a Humphrey. – Ora me ne vado, ma le consiglio di ricordare ogni cosa che le ho detto e di agire di conseguenza. Non ho intenzione di essere intralciato dalla sua stupidità. Venga con me, lei.

Doan lo seguì mitemente lungo il corridoio e attraverso l'ingresso.

Sebastian Rodriguez y Ruiz si fermò sugli scalini e gli fece un cenno freddamente. – Aspetterò che lei trovi quei rotoli e me li dia immediatamente.

– Aspetti pure – lo invitò Doan.

– Non lo farà?

– No.

– Ha sentito quello che ho appena detto ad Humphrey?

– Sì.

– E allora?

– Era una storia molto interessante – disse Doan. – Naturalmente, c'era un piccola discrepanza. Eric Trent non ha un fratello che si chiama Horace. In effetti, Eric Trent non ha alcun fratello. Arrivederci per ora. Sebastian. Alla prossima.

Erano le nove quando Doan entrò dal portone del Pericles Pavillon. Aveva passato le ultime due ore in una telefonata a lunga distanza a Città del Messico. Questa è un'occupazione assai difficile che, oltre a tempo e denaro, richiede tenacia, pazienza, voce squillante, un vocabolario fiorito, e una forte costituzione. Ora, Doan stava trascinando i piedi.

La porta dell'appartamento delle signorine Aldrich si aprì e le facce delle signorine, ricalcate l'una sull'altra come con la carta carbone, lo scrutarono con disapprovazione.

– Buona sera – disse Doan.

Le signorine Aldrich continuarono a fissarlo in silenzio.

Doan provò di nuovo. – Buona sera.

Le signorine Aldrich dissero: – Noi non approviamo l'omicidio. Pensiamo di non poter più mostrare di conoscerla. – La loro porta si chiuse. Si riaprì immediatamente – Né il suo cane. – La porta si richiuse.

Doan scosse la testa e salì le scale. Bussò alla porta dell'appartamento di Melissa. Non ebbe risposta. Salì al terzo piano e provò all'appartamento di Trent. La porta non era chiusa a chiave. La aprì.

Carstairs era steso sul divano con la testa che ciondolava da una parte e la coda dall'altra. Russava.

Doan entrò e guardò in giro. C'era un biglietto attaccato al paralume con una puntina. Doan lo lesse. Era di Melissa e diceva: «Vado al Ballo dell'Amicizia a Dullwich con Eric Trent. Ho convinto Carstairs che non avevo bisogno di una guardia del corpo lì, perché dopotutto Eric non è l'assassino, vero?».

Sotto, con una diversa calligrafia c'era una sola parola: «No».

Doan studiò imbarazzato quel «No». Dopo un momento posò il biglietto e prese il grande volume col titolo in greco dalla libreria di Trent. Lo aprì con aria di ansiosa attesa. Era vuoto.

– Oh, accidenti – disse Doan.

Squillò il telefono.

Doan alzò la cornetta. – Sì?

– C'è Eric Trent?

– No. Sono Doan.

– Sono Heloise di Hollywood. Dov'è Eric, Doan?

– Non lo so.

– Be', lo trovi.

– Okay – disse Doan.

– Quando lo trova, gli dica che voglio vederlo. Stasera.

– Okay.

– C'è un'altra cosa... Lei è licenziato.

– Cosa? – disse Doan.

– Non avrò più bisogno di lei. La pagherò fino alla fine della settimana, se non mi presenta un conto spese troppo alto.

– Prima di uscire di scena sorridendo, dovrei darle due o tre informazioni che ho scoperto.

– Ho tutte le informazioni di cui ho bisogno. Mi porti solo il conto.

– Okay – disse Doan.

– Trovi Eric, adesso. E non si fermi ad ubriacarsi lungo la strada.

– Che vuol dire con ubriacarsi?
– Lei probabilmente conosce meglio di chiunque altro il significato della parola, Doan. Vuol dire essere sbronzo e puzzolente e barcollante e insopportabile come l'ho vista più volte delle dita di entrambe le mani e i piedi di tutte le mie clienti.
– Lei sta parlando di me – disse Doan. – Alla mia mamma non piacerebbe sentirla parlare così di me, se potesse sentirla.
– Vada.
– Okay.
Doan riattaccò, poi si chinò e mise il pollice sulle narici di Carstairs. Carstairs scattò sul divano, grugnendo come un'orca.
– In verità, non sono io – gli disse Doan. – Stai avendo un incubo e io faccio parte del tuo brutto sogno.
Carstairs lo guardò incredulo alzando le sopracciglia.
– Tu stai ancora dormendo – disse Doan. – La sola ragione per cui non riposi bene è che hai mangiato qualcosa che ti ha fatto male.
Carstairs sbadigliò, si stese di nuovo sul divano e chiuse gli occhi.
– Stupido! – urlò Doan e Carstairs scattò in piedi all'erta. – Stupido, stupido, stupido, stupido, stupido! Crederesti a qualunque cosa ti si dicesse... Andiamo, abbiamo da fare.

T. Ballard Bestwyck aveva preso da qualche parte l'idea che gli studenti, schiavi sotto il suo dominio totalitario, amassero conoscersi l'un l'altro almeno un po'. Questa innocente nozione era trattata col disprezzo che meritava dai membri normali del corpo studentesco, ma ciò non impediva a T. Ballard Bestwyck di organizzare ovunque, comunque ed incessantemente, delle riunioni cosiddette Danze dell'Amicizia. Nessuno ci andava mai, se non gli sfortunati membri della facoltà che venivano coinvolti per fare da supervisori e gruppetti assortiti di persone noiose e depresse che, appena arrivavano, a seconda del proprio sesso, sceglievano un lato della stanza, si schieravano ai lati opposti della pista da ballo e trascorrevano la serata a sorridersi stupidamente e a dileggiarsi a vicenda in una terribile frustrazione.

Quando Doan e Carstairs arrivarono a Dullwich Hall, le cose avevano già preso il loro corso consueto. Era un posto molto noioso. Alcune coppie della facoltà si erano avventurate nella Terra di Nessuno tra i due schieramenti, evidentemente annoiati, e si spingevano l'un l'altra senza ragione al suono di una svelta versione di «japanese Sandman» suonata da due violini debolucci e da un pianoforte reumatico.

Melissa e Eric Trent erano tra loro, Melissa non stava esattamente sorridendo, ma Eric Trent era veramente cupo, come una tempesta in arrivo. I suoi capelli biondi erano sudati e appiccicosi, respirava con la bocca e i suoi occhi vagavano incessantemente in cerca di soccorso. Vide Doan e si fermò all'istante. Melissa quasi inciampò. Trent la tenne su ed indicò Doan. Attraversarono la pista, evitando altri rischi di navigazione ritmica.

– Mr Doan – disse Melissa. – Vuole che sia onesta con lei?

– Certo – disse Doan.

Melissa indicò Trent. – Come ballerino non vale una cicca.

– Gliel'avevo detto che non sapevo – disse Trent. – Con chi crede che abbia fatto pratica negli ultimi due anni... con gli orsi polari? È stata lei ad insistere che provassi.

– Pensavo che lei fosse un uomo – disse Melissa. – Pensavo che sapesse stare sui suoi piedi.

– Non l'ho pestata.

– Solo perché io sono eccezionalmente agile.

– Non so ballare.

– Va bene – disse Melissa. – Sono d'accordo. È proprio quello che ho appena finito di dire a Doan. Perché discute con me?

– Non sto discutendo.

– Invece sì. E se non la smette la chiamerò in un modo in cui le ho promesso di non chiamarla.

– Se lo fa, le farò ciò che le ho detto che avrei fatto se lei lo avesse fatto.
– Pensa ne sarebbe capace? – chiese Melissa a Doan.
– Sì – disse Doan. – Se lei sta pensando di chiamarlo come credo. Ogni volta che sente quel nome, la sua forza si moltiplica per dieci.
– Va bene, allora – disse Melissa. – Non la chiamerò in quel modo, ma non può impedirmi di pensare a lei con quel nome.
– Oh, sì che posso – disse Trent.
– Rimandiamo questa faccenda – suggerì Doan – prima di diventare troppo metafisici. Ho un messaggio per entrambi da parte della signora Heloise di Hollywood Tremaine Trent.
– Nient'altro?
– Sì. Vuole vedervi tutti e due a casa sua immediatamente o, ad ogni modo, abbastanza presto.
– Non ci andremo – disse Trent.
– Sì, invece – disse Melissa. – Ho alcuni spuntarelli di conversazione che ho sognato di presentarle. Mi ha preso in contropiede l'ultima volta. Non riesco a pensare bene quando ho i piedi sporchi. E poi, voglio vedere la sua casa. Scommetto che è qualcosa, vero?
– Non lo so – disse Trent. – Non l'ho mai vista.
Melissa lo fissò. – Cosa?
– Ho incominciato ad infuriarmi a Nome, in Alaska, dove ho trovato la prima edicola di giornali, dopo quattro anni. A Seattle ero già in fiamme e ho cominciato a ribollire prima di arrivare a Hollywood. Abbiamo fatto la separazione nell'ufficio dell'avvocato.
Melissa gli dette una pacca sulle spalle. – Lei è un bravo ragazzo.
– Grazie. Doan che è successo a Morales? Melissa dice che quei nomi che ha detto non esistono. Non esistono quegli dei e quei clan.
– Non è che l'inizio – lo informò Doan. – Neanche Morales esiste.
– Che?
– Il suo vero nome è Sebastian Rodriguez y Ruiz, è un

investigatore messicano.

– Perché ha distrutto i miei strumenti, allora?

– Questo la lascerà a bocca aperta – disse Doan. – Li ha fatti a pezzi perché suo fratello Horace ha rubato alcune pergamene da un tempio in Messico.

Trent rimase impalato a fissarlo.

Doan annuì. – Questo è ciò che ha detto ad Humphrey, e Humphrey gli ha creduto.

– Ma perché?

– Perché Sebastian Rodriguez y Ruiz è un genio. Lo sospettavo, così ho chiamato Città del Messico, e loro me l'hanno confermato. È un vero genio patentato per scoprire le cose. Se non ci crede glielo chieda.

– Un altro investigatore – si lamentò Melissa. – Stanno diventando fitti come le pulci su un chihuahua da queste parti. Quando ho cominciato ad insegnare, credevo fosse un'università con materie normali, ma ora sembra stia diventando una scuola per reclute di polizia. Se non sto attenta, una mattina, mi sveglierò con un'uniforme della polizia femminile e il nome cambiato in Maggie O'Flaherty.

Trent si rivolse a Doan. – Ma questo Morales o Sebastian Rodriguez y Ruiz o come diavolo si chiama, perché faceva finta di essere un bidello?

– Gliel'ho detto – disse Doan. – È un genio e un genio è imperscrutabile.

Melissa toccò il braccio di Trent. – Su, voglio andare da Heloise.

– Addio per sempre – disse Doan.

– Che? – disse Melissa.

– Io e Carstairs abbiamo appena preso il nostro umile posto nella schiera senza volto dei disoccupati e degli indesiderati. Siamo stati licenziati.

– Oh – fece Melissa. – Ma noi vogliamo dirle addio, voglio dire per bene. Aspetti che torniamo. Può ballare con qualcuna delle ragazze.

Doan rabbrividì. – Grazie – disse – grazie mille. Ma no grazie.

– Be', allora aspetti all'appartamento di Eric.

– Affare fatto – disse Doan. – Questo sì, si può fare. Ma mi sento un po' agitato e ho un sacco di cose in mente e non so dove posso andare a finire.

La strada che risaliva il canyon non era particolarmente ripida, ma chi l'aveva progettata aveva fatto del suo meglio per farla apparire tale. Si contorceva avanti e indietro e si ripiegava su se stessa come un serpente col mal di stomaco. I fari dell'auto di Trent riuscivano ad illuminarla solo per un decimo del tempo; durante gli altri nove decimi spazzavano con strisciate eleganti, ma senza scopo, l'oscurità a destra e a sinistra. Il motore grattava e si lamentava in modo profondamente irritato.

– Buon Dio! – disse Melissa. – Metta la seconda prima di rompere un cilindro.

– Dovevo saperlo – disse Trent.

– Sapere cosa?

– Che lei era una di quelle donne che non si accontentano solo di dare sciocchi consigli. Deve anche aggiungerci quelle scemenze in gergo senza senso che ha sentito qua e là nelle officine. Rompere un cilindro!

– La gente lo fa.

– Non la gente che si chiama Trent.

Melissa lo guardò irritata. – Io sono una consigliera di guida peggiore di quanto lei sia un ballerino.

– Io le avevo detto che non mi piaceva ballare – precisò Trent. – E poi sono fuori esercizio. – Per un momento distolse gli occhi dalla strada tortuosa e le fece un sorrisetto. – Ma smettiamola di punzecchiarci. Per quanto riguarda il fatto che non mi piace ballare devo dire una cosa. Mi è piaciuto abbastanza ballare con lei. Se non ci fosse stato nessun altro, e se non ci fosse stata la musica e fossimo solo rimasti lì in piedi, penso che mi sarebbe piaciuto veramente.

Melissa si voltò verso di lui, ma le ciglia le coprivano gli occhi.

– Mi domando come mai.

– Già – disse Trent. – Come mai. – Il sorriso scomparve dal suo volto e per un momento apparve dolorosamente serio. – Non voglio supporre che abbia qualcosa a che fare col fatto che lei era molto vicina a me e che io tenevo le mie braccia intorno a lei e all'improvviso avevo avuto l'impulso di...

– Anche Heloise di Hollywood la fa sentire in questo modo? – l'interruppe Melissa sarcasticamente.

– Oh, la smetta! – disse Trent. – Non si può diventare neanche un po' sentimentali con lei senza... insomma, senza e basta?

Melissa fu costretta a voltare la testa. Le sue spalle erano scosse dalla risate. – Credo che diventerebbe ancor più sentimentale se la chiamassi Bell'... oooh! Non osi strozzarmi! Attento! Il volante! Che sta cercando di fare... ucciderci tutti e due?

Uno strapiombo gli si avventò contro poi tornò al suo posto quando Trent, che aveva levato le mani dal volante per metterle intono alla gola di Melissa, sterzò e riuscì a tornare in carreggiata.

I fari sferzarono l'aria come una falce e le gomme fischiarono nel percorrere un tornante.

– Vada più piano! – urlò Melissa. – O sorpasseremo la casa di Heloise senza accorgercene.

– Non posso andare più piano, se no ci fermiamo.

– Aspetti, aspetti, aspetti! – strillò Melissa. – Deve essere quella! Fermi lì e guardiamo i cancelli.

– Li sto guardando.

– L'abbiamo sorpassato.

– No.

– Oh, perché deve essere così stupido o cocciuto? Dobbiamo averlo passato. Non stava guardando. Deve girare...

Due alte e larghe colonne di mattoni bianchi emersero davanti a loro nella notte.

– Sì? – disse Trent gentilmente. – Allora?

– Oh, zitto.

Trent svoltò in un liscio viale asfaltato. La strada sprofondava e poi si innalzava di nuovo ripidamente. Trent mise la seconda e arrancarono, lugubremente su per la salita.

– Ehi – disse Melissa. – Guardi.

Erano arrivati in cima alla salita e la casa li aspettava proprio lì, in una posizione in cui sembrava volergli saltare addosso. Si stagliava nel cielo, enorme, squadrata, solida e scura, gettando un'ombra tetra sulla luna. Le viti rampicanti si avvinghiavano sinuosamente nere sulle pareti esterne e le poche finestre illuminate sembravano dei malefici occhi di spie.

– Mi manca una sola cosa – disse Melissa – e mi dà fastidio. Mi domando dove sia Boris Karloff.

La strada girava fino ad allargarsi davanti alla casa. Non c'era una veranda né un portico. Solo sei grandi scalini di pietra che conducevano ad un'immensa arcata d'ingresso che sprofondava nella pietra levigata. Dietro le vetrate di lato al portone, incassato nelle mura spesse, si vedevano delle luci.

Trent fermò la macchina e lui e Melissa scesero. Una brezza fresca e leggera soffiava sui loro volti e la luna sembrava molto distante. I loro passi scivolarono leggeri sull'asfalto e scricchiolarono sugli scalini di pietra.

– E ora che si fa? – chiese Melissa. – Gridiamo: «Yuhuuh, del castello» o suoniamo una fanfara!

– Questo sembra un campanello – disse Trent.

Delle campanelle suonarono una prolungata e bassa melodia da qualche parte all'interno. La casa incombeva su di loro ed attendeva in silenzio.

– Bene – disse Trent dopo un po', senza sapere cosa fare.

– Bene un cavolo – disse Melissa. Sollevò un pugno e diede un colpo al portone.

Si aprì silenziosamente.

– Gasp – disse Melissa. – Penso che stiamo per avere ancora un po' di dannato divertimento.

Si trovarono in un lunghissimo atrio. Era alto un piano e mezzo, con le pareti ed il soffitto di un bianco tombale. Il pavimento era di nera quercia lucida coperto da tappeti bianchi che sembravano delle grottesche orine di giganti.

– Accogliente – commentò Melissa. – Entriamo.

Si avviarono lungo l'atrio e i loro passi sembravano inseguirli con un'eco picchiettante. Melissa si aggrappò al braccio di Trent.

C'era una porta alla loro destra e una a sinistra. Entrambe chiuse. Trent e Melissa le sorpassarono interdetti, poi Melissa disse:

– Aspetti. Dietro quella c'è una luce.

Bussò. Il silenzio sembrò ritirarsi un po', ma non ci fu nessun suono reale. Melissa provò a girare la lunga maniglia di ferro battuto. Scattò e la porta si aprì con una leggera pressione.

La stanza era una biblioteca. Le pareti, dal soffitto al pavimento erano ricoperte di scaffali pieni di libri. Questi avevano l'aria di venir tirati fuori di frequente, spolverati e rimessi a posto. Di fronte alla porta, in fondo alla stanza, c'era una scrivania, costituita da un solido blocco di legno scuro grande come una tavola da pranzo.

Heloise di Hollywood stava seduta dietro la scrivania. Indossava un vestito blu e i suoi capelli erano meticolosamente ondulati. Aveva la testa un po' reclinata di lato e li fissava con un'epressione di cordiale e smorto interesse.

– Oh – mormorò Melissa. – Oh.

Trent mormorò tra sé e sé.

Avanzarono molto lentamente, tenendosi per mano come bambini impauriti. Una delle mani di Heloise, con le unghie lucide e smaltate con l'appropriata tonalità di rosso, era appoggiata sulla scrivania con le dita flosce che toccavano una tozza e brutta pistola automatica a canna corta. Trent e Melissa erano più vicini, ora, e videro il piccolo ma preciso buchetto nella parte sinistra del petto. Il sangue aveva macchiato la stoffa del vestito intorno ad esso, ma si notava appena.

– Si è sparata – disse Melissa. La voce, a quelle parole, le divenne ridicolmente rauca. Deglutì a fatica.

– No – disse Trent. – Non c'è polvere da sparo bruciata sul vestito. E questa sulla scrivania è una Mauser 8 millimetri. Avrebbe fatto un foro molto più grande.

– Potrebbe... potrebbe farlo così una calibro 22...
– Sì.
– Oddio – disse Melissa. – Doan ha detto che il mio ladro aveva una calibro 22.
– Be', almeno – disse Trent lentamente – Humphrey non potrà incolpare Doan per questo. Non è qui.
– Ma c'è lei – disse Melissa. – E, per di più, ci sono anche io.
Squillò il telefono. Era su un banchetto circolare a sinistra di Heloise. Trent e Melissa attesero con una sorta di incantamento terrorizzato che lei rispondesse. Ma non lo fece.
Squillò di nuovo.
Melissa girò cautamente intorno alla scrivania e rispose. – Pronto.
Una voce che sembrava ovattata disse: – Buona sera. Sono T. Ballard Bestwyck. Posso parlare con Heloise?
– Be' – disse Melissa – no.
– Scusi?
– Non può parlare, cioè Heloise non può parlare con lei, che fa lo stesso.
– Penso che lei non abbia capito, signorina. Io sono T. Ballard Bestwyck. Sono il rettore del...
– Lo so. Lavoro per lei.
– Cosa?
– Insegno all'università.
– Come si chiama?
– Melissa Gregory.
– Ah, era ora!
– Cosa? – disse Melissa senza capire.
– Stavo chiamando Heloise proprio per scusarmi per il suo comportamento sfacciato. Ma visto che è là, può farlo personalmente. C'è una clausola sulla scorrettezza morale nel suo contratto, e se lei non lascerà in pace i mariti delle altre donne si troverà in una situazione molto grave.
La linea gracchiò all'improvviso. T. Ballard Bestwyck non aveva riattaccato. Non si sentiva il segnale di libero. Non si sentiva nulla.

Melissa voltò lentamente la testa verso Trent.
– Che c'è? – chiese Trent.
– Qualcuno... ha tagliato i fili.
Le luci si spensero.
– Eric! – gridò Melissa. – Oh, Eric...
Si aggrappò a lui stringendosi disperatamente con tutte e due le braccia intorno al suo collo.
– Ho tanta pa... paura – balbettò. – Non le importerà. So... solo pochi minuti fa ha... hai detto che ti piaceva starmi vicino e tenermi tra le br... braccia.
– Non ti sto tenendo tra le braccia – disse Trent, in un evidente tentativo di restare calmo. – Tu mi stai tenendo tra le tue, ma va bene, Melissa. Heloise non ci farà caso, ora... non più.
La porta della stanza sbatté e la serratura scattò freddamente. Melissa sobbalzò
– Va bene – disse Trent. – Incomincia a strillare. Ne abbiamo proprio bisogno, ora.
– Non ho mai strillato in vita mia! – protestò Melissa, e immediatamente dopo cominciò a strillare a squarciagola. – Aaah! Oooh! Eeehiii!
Trent cercò di darle uno schiaffo. Nel buio, mancò la faccia e la prese sulla nuca. Melissa smise di urlare.
Ci fu un leggero fruscìo nell'atrio, poi senza preavviso si sentirono tre spari, molto ravvicinati, acuti e gelidamente distinti. All'istante seguì un altro sparo. Questo era più cupo e forte.
Poi, silenzio. Non era un silenzio piacevole e rilassante. Melissa respirava a bocca aperta contro il colletto della giacca di Trent.
Udirono dei passi nell'atrio.
La voce di Doan mormorò: – Trent. Melissa.
– Siamo qua – disse Trent. – La porta è chiusa a chiave.
La serratura schioccò di nuovo e le ombre si mossero leggermente.
– State tutti e due bene? – chiese Doan.
– Penso di sì – disse Trent.
– Avvicinatevi alla porta. Io do un'occhiata all'atrio. Ho seguito il tizio fin dentro. È nascosto da qualche par-

te in casa, ora.

Trent e Melissa scivolarono cautamente avanti. Riuscivano vagamente ad intravedere un'ombra ricurva, che era Doan. La canna della sua pistola luccicava appena nell'oscurità. Teneva il portone d'ingresso appena accostato e sbirciava dalla stretta apertura.

– È scappato verso il retro – disse Trent.

– Forse ci proverà. C'è Carstairs lì fuori.

Aspettarono tesi.

– Heloise è morta – disse Trent sottovoce. – Alla scrivania. Le hanno sparato.

– Già – disse Doan. – Avevo pensato che fosse meglio venire quassù ad avvertirla anche se non voleva che lo facessi. Pensava di riuscire a tenere testa a quel tipo. E aveva tante possibilità come di avvolgere una tigre in un tovagliolo di carta.

– Aveva una pistola.

– Certo. E anche venti domestici.

– Dove sono finiti?

– Saranno stati rinchiusi di sotto, da qualche parte. Probabilmente in cantina. Adesso non ho tempo di andare a ripescarli. Ho l'impressione che mi stiano per ammazzare. Questo tipo è indiavolato con quella sua pistola. Ha scambiato un albero per me, un minuto fa, se no avrei finito di preoccuparmi a quest'ora.

Carstairs lanciò un segnale ululante. La calibro 22 esplose due colpi secchi. Carstairs uggiolò infuriato subito dopo.

– È al riparo – bisbigliò Doan. – Spero abbia abbastanza cervello da rimanere dov'è.

La pistola sparò ancora inutilmente. Carstairs aumentò il volume del suo ululato, scuotendo la notte.

– Rimani lì – gli ordinò Doan. – Lo sto cercando, sparerò a qualsiasi cosa che dia appena appena l'impressione di muoversi. Mi fa una paura tremenda quel tipo. Aprì di più la porta. – Rimanete lì. Datemi retta. Oh, perché mi metto in simili situazioni? Devo essere matto.

Scomparve silenziosamente nel buio.

Capitolo sesto

Trent e Melissa restarono in rigida attesa. Il silenzio incombeva su di loro come una nera melassa. Passò un secolo. Poi un altro.

La pistola di Doan sparò. Trent sobbalzò involontariamente e Melissa singhiozzò sulla sua giacca.

Scese nuovamente il silenzio e li avvolse. La pistola di Doan sparò un altro colpo. La calibro 22 questa volta rispose all'istante. Qualcuno gridò con una furia incoerente. Dei passi attraversarono di corsa il pavimento. Si sentì cadere qualcosa con un tonfo che fece tremare l'aria. Una porta fu sbattuta pesantemente.

– Non posso sopportarlo – disse Trent. – Devo andare ad aiutarlo. Resta qua.

– Oh no, oh no!

– Allora stammi appiccicata dietro. Cammina dove cammino io.

Uscirono nell'atrio, simili ad uno strano insetto a quattro zampe. Melissa si teneva aggrappata dietro la giacca di Trent con i pugni serrati. Poteva sentire i muscoli della sua schiena, tesi e rigidi. Si muovevano lentamente e il buio si muoveva con loro, senza spiragli.

– Scalini – bisbigliò Trent.

Li salirono, erano un'infinità. Poi, ci fu un freddo e lento «clic» proprio sopra le loro teste.

– Trent? – disse Doan.

– Sì.

– Siete stati fortunati – disse Doan. – Per questa volta non vi ho uccisi. Venite qua.

Erano in un corridoio.
– L'ha colpito, quando ha sparato? – chiese Trent.
– No, accidenti. Però l'ho fatto rinchiudere in questa camera. Dietro quella porta. Se pensa che voglia seguirlo lì dentro, è matto.
Carstairs abbaiò da qualche parte, fuori, con tono inquisitorio.
Doan mise le mani a conchetta davanti alla bocca e urlò: – Sì! Sono con te! Rimani là fuori! Stai attento!
Carstairs abbaiò di nuovo, momentaneamente tranquillizzato.
– Allora, che facciamo adesso? – chiese Trent.
– Chiamiamo la polizia – disse Doan, tenendo la pistola puntata verso la porta della camera. – Lo staneranno. Loro si possono sacrificare.
– I fili del telefono sono tagliati. Sono stati tagliati nello stesso momento in cui è andata via la luce. Melissa stava parlando.
– Questo tipo – disse Doan – pensa a tutto. Okay. Lo prenderemo per fame. Come stiamo a scorte? Ha qualcosa da bere qui con lei?
– No.
– Va bene. Scenda giù e liberi i domestici. Faccia mandare su una bottiglia. Terremo duro su questa linea anche fino all'estate.
Trent disse agitato: – Può spararci attraverso la porta.
– Non quella porta. È di legno massiccio, spesso quattro centimetri. Una calibro 22 non può passarla.
La calibro 22 sparò da dentro la camera. Carstairs ululò furiosamente indignato. La 22 sparò di nuovo istantaneamente. Carstairs abbaiò, ma il suo tono era leggermente soffocato, questa volta.
Doan tirò un sospiro. – È di nuovo al riparo, ora. Si farà saltare in aria il cervello se non la smette di andare in giro... Carstairs! Rimani dove sei! Stai giù! Giù.
Carstairs, abbaiò una volta, spavaldamente. Poi, attaccò con un ringhio ansioso, continuo e rumoroso.
– Che c'è ora? – disse Doan, tendendo l'orecchio.
Si sentì un sommesso scricchiolare di rami.

– Si sta calando giù dalla finestra! – esclamò Doan.

Puntò la pistola alla serratura della porta e sparò due colpi. Il legno si scheggiò e l'acre e acuto odore della polvere da sparo riempì il corridoio. Doan diede un calcio alla porta, sopra la serratura, poi un altro sotto. Poi, la prese a spallate martellando la serratura col calcio della pistola.

Il metallo cedette con uno scrocchio improvviso e la porta si spalancò di botto. Doan cadde a faccia avanti, mezzo fuori e mezzo dentro la camera, tenendo la pistola alzata davanti a sé. Rimase rigido in quel modo a guardare.

– Che c'è? – sospirò Trent, spingendosi contro la parete di lato alla porta. – Che c'è?

Doan parlò senza voltare la testa. – Penso che sia sui rampicanti fuori della finestra.

Le foglie dei rampicanti fecero rumore.

– Sì! – disse Doan, balzando in piedi. – Carstairs! Carstairs! Attento!

Carstairs ringhiò ansiosamente da sotto. I rami scricchiolarono.

– E ora che faccio? – chiese Doan. – Se metto la testa fuori della finestra, me la fa saltare. Se corro fuori, rientra di qui.

– Da un'altra camera... – suggerì Trent.

I rami scricchiolarono e frusciarono più forte.

– Indietro! – ordinò frettolosamente Doan. – Sta tornando indietro! Via dalla porta!

Qualcosa sbucò inquietantemente strisciando dall'angolo più basso della finestra aperta. La luce della luna luccicò sulla canna lunga e sottile della calibro 22. Questa si agitò alla cieca, poi sparò. La fiamma si alzò obliqua verso il soffitto.

– Ah – disse Doan.

Stava prendendo attentamente la mira con la sua pistola, tenendosi fermo il polso con la mano sinistra. La calibro 22 volò per aria, luccicando per un attimo, poi cadde sul pavimento.

– Ce l'ho fatta – ridacchiò Doan. – L'avevo sempre desiderato, e ce l'ho fatta! Gli ho fatto saltar via di mano la pistola con un colpo! Vieni fuori da quei rampicanti, deficiente! E non fare scherzi! Sono bravo come Red Ryder!

I rami cedettero improvvisamente con un lungo, favoloso strappo.

– Che... – disse Doan.

Attraversò di corsa la camera fino alla finestra, seguito precipitosamente da Trent e da Melissa. La luna era spettralmente luminosa, ora, e la sua luce, sospesa in modo incredibile nello spazio tre metri sopra la finestra, sembrava guardarli grande e nera, nera e corrucciata e maligna.

I rami intrecciati parevano sostenerla, incredibilmente, come un puntello soprannaturale che si estendesse fino ad essa. Poi, la griglia di sostegno dei rampicanti si inclinò ancora, perse l'ultima presa sulla parete esterna, facendo saltare una serie di ganci, e cominciò a cadere, avvolgendosi su se stessa e allontanandosi dalla casa.

La figura nera urlò disordinatamente, con la voce terrorizzata, mentre volteggiava per aria. Proprio lì sotto, fosca come il peltro, c'era la tetra superficie della piscina di Heloise. La griglia di sostegno dei rampicanti colpì il bordo della piscina e l'acqua si aprì con un tonfo risonante.

L'ombra di Carstairs sfrecciò attraverso il prato e si fermò sul bordo della piscina.

– Carstairs! – urlò Doan. – Stai lontano da lì! Lascialo affogare! Pensa agli affari tuoi! Stai fuori...

Carstairs si tuffò in acqua.

– Oh, diavolo! – esclamò furioso Doan.

Schizzò via dalla finestra e corse fuori dalla camera.

Trent si trascinò giù per le scale dietro di lui, tirandosi dietro Melissa con una presa protettiva alla vita. Scalpitarono nell'atrio, fuori del portone e intorno alla casa.

Doan corse avanti a loro precipitandosi giù per la discesetta del prato. I suoi piedi sbatacchiarono sulle mattonelle del bordo della piscina. La superficie dell'acqua era agitata e schiumante, Carstairs sollevò fuori la testa. Teneva tra le grinfie un braccio nero, floscio e grasso, e singhiozzava con conati mezzi soffocati.

– Lascialo! – urlò Doan. – Lascialo affogare! Chi se ne importa? Vieni qui! Qui! Qui!

Carstairs mantenne la presa e procedette con faticosa determinazione nell'acqua. Arrivò agonizzante al bordo. Doan si chinò in avanti e afferrò il braccio.

– Va bene! Sei un eroe! Lascialo!

Doan si tirò in dietro ed il brutto corpo nero infradiciato scivolò sul bordo della piscina. Doan lo fece rotolare di lato con un calcio.

– Tenetelo d'occhio un momento – ordinò a nessuno in particolare. – Carstairs! Ora vieni qui, stupido! Qui!

Carstairs si accostò al bordo e Doan lo afferrò per il collare. Guaì. Posò le zampe anteriori sulle mattonelle, spingendo vigorosamente in acqua con le zampe posteriori. Si sollevò e uscì all'improvviso, starnutendo e gocciolando.

Doan cadde all'indietro – No, guarda, attento! Non... ooh...

Carstairs gli camminò sopra. Si mise di fianco a lui e si dette una bella scrollata.

– Puah! – sputacchiò Doan. Si mise a sedere asciugandosi la faccia. – Ti ucciderò una volta o l'altra. Dico sul serio.

Carstairs smise di scrollarsi, si sedette e cominciò ad ansimare vittoriosamente.

Melissa disse con una vocetta sbalordiata: – Mr Doan, questo è... è... è... il professor Sley Mynick.

– Sì – disse Doan, alzandosi in piedi. – Vediamo se funziona ancora.

Si inginocchiò accanto al corpo nero e bagnato. La faccia del professor Sley Mynick era bluastra e contorta, delle bollicine di schiuma scoppiavano sui suoi baffoni. Doan lo tastò con le dita.

– Si è rotto la testa – stabilì. – Deve aver colpito il fondo della piscina. Ma penso che se la caverà.

– Ma... ma lui...

– Lui – disse allegramente Doan. – Lui è il suo vecchio ladruncolo in persona.
– Oh! – esclamò Melissa. – Allora c'era qualcosa di terribilmente familiare... Ma che faceva nel mio appartamento?
– Proprio come le dissi. Pensava che fosse quello di Trent.
– E che voleva nel mio appartamento? – chiese Trent.
– Penso volesse prepararle un bello scherzetto, tipo quello del secchio che cade quando si apre la porta. Per questo aveva con sé sia il coltello che la pistola. Probabilmente aveva anche un tubo di gomma elastico e dei chiodi. Voleva collegare il coltello alla gomma e la gomma ai chiodi, in modo tale che quando lei apriva il cassetto, l'elastico sarebbe scattato e le avrebbe lanciato il coltello in faccia. È facile sistemare una trappola del genere se si sa come fare.
– Con un coltello? – disse Trent perplesso. – Non mi sembra molto sicura.
– Non voleva ucciderla. Cioè, non gli interessava se lo faceva o meno. Voleva solo farla sloggiare dall'università. E non gli importava se si trasferiva all'ospedale o all'obitorio.
– E Frank Ames? – disse Melissa.
– Stava girando la macchina, proprio quando Sley Mynick uscì nel vicolo, e proprio davanti ai suoi fari, tutto indaffarato a togliersi la maschera di calza. Ames lo riconobbe subito. Fermò la macchina e andò a vedere che diavolo stava facendo. Capite che era un pasticcio per Sley Mynick. Non esisteva una sola scusa al mondo che avrebbe potuto acquietare definitivamente Ames, perché quando avesse scoperto del ladro che aveva colpito Melissa, avrebbe dato fiato alle trombe. Sley Mynick non è il tipo che ci mette molto a prendere le sue decisioni. Non aveva ancora usato il coltello. Tagliò la gola di Ames e lo schiaffò dentro il bidone dell'immondizia, sperando di riuscire a tornare nel vicolo con la macchina per prenderlo, trasportarlo da qualche parte e seppellirlo. Ma non poté realizzare questo pro-

getto. Io e Carstairs lo avevamo inseguito. Ci sparò, ma poi dovette scappare.

Melissa disse: – E... e Beulah?

– Ricorda cosa le dissi circa il modo in cui ero entrato nel suo appartamento e avevo ascoltato come si sentivano i rumori da fuori? Beulah non avrebbe potuto sentirla urlare se la sua porta fosse stata chiusa. Io credo che lei avesse la porta appena aperta. Forse stava ficcando un po' il naso, come le signorine Aldrich. Credo che volesse vedere se Ames saliva o no nel suo appartamento.

Melissa annuì lentamente. – Beulah era un po' così. Un pochino ficcanaso.

– E questa volta le è stato fatale. Vide il ladro. Lui corse davanti alla sua porta mentre scappava. Non credo l'avesse proprio riconosciuto con sicurezza, o che avrebbe potuto dirlo. Ma vide abbastanza da farla incuriosire, perché era già incuriosita. Ricorda cosa disse la prima volta che parlammo insieme di Sley Mynick? Disse che lui «era» un bravo biochimico, volendo dire che lo «era stato». La fisica è abbastanza vicina alla biochimica, e probabilmente Beulah Porter Cowys doveva aver notato qualche cosa che Sley Mynick aveva fatto o detto che l'aveva un po' incuriosita. Voglio dire, suppongo che si domandasse appena vagamente cosa poteva essere, e questa fu una cosa in più. Ad ogni modo, sono sicuro che andò a cercarlo e che gli parlò la mattina dopo, e lui deve averle detto qualcosa che l'aveva accontentata per il momento.

– Che cosa? – chiese Trent.

– Non ne ho idea. È un imbroglione. Comunque sia, Beulah Porter Cowys commise un errore molto grave dopo questo. Andò al salone di Heloise. Con questo firmò la sua condanna. Non so se ci andò solo per farsi mettere a posto la faccia o se aveva qualche altra ragione. Né lo sapeva Sley Mynick, penso. Ma lui non poteva correre alcun rischio che lei parlasse di lui con Heloise. Il baccano scatenato da Carstairs gli dette l'occasione, ma in un modo o nell'altro sarebbe in ogni caso riuscito a fare quello che voleva. E così aveva sistemato le cose. Era stato sfortunato ad incontrare Ames e ad essere notato da Beulah Porter Cowys, ma ora li aveva eliminati e poteva tornare ad occuparsi di lei. Le tirò la tegola. Anche quella probabilmente non l'avrebbe uccisa, a meno che non le fosse caduta in testa, ma in ogni caso non le avrebbe fatto bene.

Trent disse: – Ma perché...

Carstairs bofonchiò. Doan si voltò di scatto, all'erta, tirando fuori la pistola dalla giacca.

C'era un uomo che veniva giù dalla discesetta del prato verso di loro, lento e dignitoso, la sua ombra si stagliava in modo curiosamente sottile davanti a lui.

– È Morales! – esclamò Melissa.

– Non più – disse Doan. – Ora è Sebastian Rodriguez y Ruiz, il grande investigatore.

– Come va – disse Sebastian Rodriguez y Ruiz. – Vedo che per pura fortuna siete riusciti a catturare la mia preda. Ma voi probabilmente non avete alcuna prova evidente contro di lui, quindi è una fortuna che io sia arrivato.

– Che prove ha lei? – chiese Trent.

– Inconfutabili. Mi assicuro sempre di avere prove inconfutabili prima di fare un arresto. Quest'uomo è inequivocabilmente e senza ombra di dubbio colpevole dell'assassinio di Big Tub Tremaine, avvenuto in una casa alla periferia di Piedras Nigras, stato di Coahuila, Messico, sette mesi e undici giorni fa.

– Chi? – chiese Trent bruscamente.

– Cosa? – disse Melissa. – Big Tub Tremaine! – Fissò Doan con aria accusatoria. – Lei mi ha detto che si era suicidato!

– Pensavo che l'avesse fatto – disse Doan. Guardò Sebastian Rodriguez y Ruiz. – Le vostre autorità dovrebbero stilare i rapporti in modo più chiaro.

– Ritengo che appaiano un po' complicati agli ottusi – rispose con indifferenza Sebastian Rodriguez y Ruiz.

Doan disse a Melissa: – Il rapporto diceva proprio come le avevo raccontato, che Tremaine si era gettato in acqua di fronte a un sacco di testimoni e che loro avevano avuto un bel da fare per ripescarlo. Il che vuol dire che ci avevano messo quattro giorni a recuperare il corpo e lo avevano ritrovato tutto sfigurato e mangiucchiato.

– Ma lei ha detto... lui ha detto...

– Ora vi spiegherò la faccenda – disse Sebastian Rodriguez y Ruiz – perché implica alcune brillanti deduzioni di indagine scientifica. Big Tub Tremaine voleva fuggire dal Messico perché aveva preso dei soldi a sua moglie. In precedenza, aveva lavorato nelle fiere. Andò a Skid Row, una zona di Los Angeles frequentata da molti ambulanti, e trovò un tipo, uno che aveva conosciuto nel periodo in cui girava per le fiere, che si chiamava Bumbershoot Bennie.

– Bumbershoot Bennie – disse Trent confuso.

– Sì. Big Tub Tremaine lo salutò molto cordialmente, come un vecchio amico. Big Tub Tremaine stava andando in vacanza in Messico, così disse, e voleva assolutamente che il suo vecchio amico, Bumbershoot Bennie, lo accompagnasse. Ma prima, voleva comprargli un vestito nuovo. Per dimostrare la sua grande generosità e il suo buon cuore, gliene avrebbe comprato uno bello come il suo. In effetti, avrebbe comprato a Bumbershoot Bennie un vestito esattamente identico a quello che indossava lui. E lo fece.

– Oh – disse Trent.

– Poi – continuò Sebastian Rodriguez y Ruiz – partirono per Ensenada con la macchina di Big Tub Tremaine. Da qualche parte, lungo la strada, al momento non so ancora precisamente dove, Big Tub Tremaine uccise Bumbershoot Bennie con un colpo in testa assestato col crick. Poi, gli legò una corda in vita e lo buttò in mare dove c'erano delle rocce taglienti. Lo lasciò a sbatacchiare sulle rocce per un paio di giorni, finché non fu completamente sfigurato. Poi, ritirò su il corpo e lo mise nel sedile posteriore della macchina.

– Oooh – disse Melissa nauseata.

– Guidò fino a Ensenada – proseguì Sebastian Rodriguez y Ruiz. – Lì scelse un luogo appropriato e, in segreto, senza farsi vedere, gettò di nuovo il corpo di Bumbershoot Bennie nell'oceano. Successivamente, mise su quella scenata rumorosa del bar, minacciando a voce alta e drammaticamente di volersi affogare. Corse fuori dal bar nel buio, seguito da quelli del bar, e si buttò nell'oceano. C'era vento e il mare era mosso. Ed era notte, ricordate. Nuotò sott'acqua, fuori dalla vista dei soccorritori, giunse a riva e se ne andò. La polizia continuò a cercare finché non fu ritrovato il corpo di Bumbershoot Bennie, che aveva l'orologio di Big Tub Tremaine e il suo anello, e in tasca il portafoglio di Big Tub Tremaine, il vestito che corrispondeva esattamente alla descrizione di quello di Big Tub Tremaine. È abbastanza comprensibile che in tali circostanze identificarono il corpo di Bumbershoot Bennie come quello di Big Tub Tremaine.

– E... e poi? – chiese Melissa?

– Big Tub Tremaine girò un po' per il Messico con vari nomi falsi, per circa due anni. Alla fine arrivò a Piedras Nigras, dove si imbatté nell'omicida Sley Mynick. Potete capire che tentazione costituisse per Sley Mynick. Si pensava che fosse già morto e, in ogni caso, era ricercato come criminale. Aveva ancora un po' di denaro che aveva preso alla moglie. Sley Mynick lo uccise e lo seppellì davanti a casa sua.

– Oh! – disse Melissa. – Ma cosa mai...

– Mi scusi. Non ho ancora finito. Sley Mynick arrivò all'università, pensando che il segreto del suo omicidio fosse al sicuro per sempre, ma non aveva fatti i conti con Sebastian Rodriguez y Ruiz. Lo seguii senza sosta. E tutto sarebbe andato bene se non fosse comparso lei.

– Io? – disse Trent.

– Sì. Ovviamente, Sley Mynick aveva la coscienza sporca. Pensò che la moglie di Big Tub Tremaine avesse in qualche modo intuito la sua colpa e avesse messo lei, Trent, a spiarlo. Cercò di liberarsi di lei come degli altri che si erano messi sulla sua strada.

– Aspetti un minuto – disse Trent. – Perché lei ha di-

strutto i miei strumenti?
– Non sono stato io. È stato Sley Mynick, in uno scoppio di rabbia perché l'aveva mancata con la tegola.
– E perché lei non ha detto che era stato lui, in quel momento?
Sebastian Rodriguez y Ruiz disse: – Sebastian Rodriguez y Ruiz ha una reputazione. Non volevo che Sley Mynick venisse arrestato finché non fossi pronto a farlo di persona.
– Sley Mynick ha ucciso Heloise. Lei ha causato la sua morte non denunciandolo quando avrebbe dovuto.
Sebastian Rodriguez y Ruiz scosse le spalle con grande superiorità.
– E allora? Non era messicana. Era solo un'americana.
– Be', anche Big Tub Tremaine.
– Questa è una questione del tutto diversa. Tutti i malfattori devono sapere che non possono ammazzare nessuno, nemmeno un americano, nello stato di Coahuila senza render conto a Sebastian Rodriguez y Ruiz. E ora, ho perso anche troppo tempo qui. Lei, Doan. Prenda il colpevole e lo porti nella mia macchina. Sbrigherò le formalità del caso e lo riporterò in Messico a incontrare il suo destino.
– È ricercato anche qui per un po' di omicidi – disse Doan.
– Questo non importa, io ho un permesso federale... certificato e approvato dal dipartimento di Stato. Ha precedenza sulle autorità locali.
– Per chi è il permesso? – chiese Doan.
– Per Sley Mynick, naturalmente.
– Allora non è valido, perché questo tizio steso per terra non è Sley Mynick.
– È matto? – domandò Sebastian Rodriguez y Ruiz.
– No. Lei ha condotto bene la sua indagine, ma non ha considerato abbastanza bene alcune cose prima di iniziare. Ci pensi un momento. Da una parte abbiamo Big Tub Tremaine, un duro, un vagabondo, un imbonitore da fiera, un ladro e un omicida, almeno una volta. Io ritengo che ne avesse fatti fuori altri qua e là, prima di

Bumbershoot Bennie, perché non si impara quello che sapeva lui sull'omicidio in una notte. Dall'altra parte, abbiamo il professor Sley Mynick, un povero biochimico distrutto e inseguito dalla Gestapo. I due si incontrano a Piedras Nigras e uno fa fuori l'altro. Ma quale dei due è più probabilmente l'omicida?

Sebastian Rodriguez y Ruiz disse qualcosa tra sé e sé in uno scoppiettante spagnolo.

Doan sorrise. – Certo. Lei si è ingannato perché il professor Sley Mynick ha ricominciato il suo lavoro alla grande.

– Di che sta parlando? – domandò Trent.

– Il professor Sley Mynick non ha ucciso Big Tub Tremaine. Big Tub Tremaine ha ucciso il professor Sley Mynick. E questo qui per terra è Big Tub Tremaine.

– Oh! – singhiozzò Melissa. – Oh!

– Non capite che affare meraviglioso era per lui? – chiese Doan. – Big Tub Tremaine voleva tornare negli Stati Uniti. Probabilmente ne aveva abbastanza del Messico e delle tortillas e delle enchiladas e delle frujillas e di qualsiasi altra cosa messicana, anche delle señoritas. È sempre così coi fuggiaschi. Prima di commettere i loro crimini, gongolano al pensiero dei soldi che stanno per arraffare e della vita lussuosa che condurranno in qualche clima esotico, ma una volta che se ne vanno, gli viene la nostalgia di casa e la cosa che desiderano di più al mondo è tornare nella loro patria.

– Comincio a capire – disse Melissa.

– Naturalmente – disse Doan.

– Big Tub temeva che, se fosse tornato, la polizia l'avrebbe individuato, o sua moglie, il che era peggio che essere arrestati.

– Esatto – disse Doan.

– Così, aveva bisogno di un posto dove nascondersi continuò Melissa – e aveva bisogno anche di una nuova identità e di un lavoro rispettabile, in maniera che nessuno sospettasse chi era realmente.

– Lei è una ragazza intelligente – le disse Doan. – L'identità di Sley Mynick sembrava fatta apposta per Big

Tub. Includeva un lavoro, un buon salario, un posto raffinato e tranquillo, l'università, dove poteva nascondersi per quanto voleva. Il fatto che fosse abbastanza vicino a dove sua moglie aveva il suo Salone di Bellezza, faceva poca, se non nessuna, differenza. Quando la gente cerca qualcosa, è meno probabile che la trovi se gli sta proprio sotto il naso.

– Ma Big Tub Tremaine non era un biochimico – obbiettò Trent. – Come poteva sperare di farcela con un simile travestimento?

– Lei dimentica – disse Doan – che un tempo era stato un venditore ambulante di pseudo medicine. Sapeva parlare col gergo farmaceutico e chimico, di provette e vetrini e di tutte queste cose. Se ciò che diceva avesse un senso o no, è un'altra faccenda, ma chi erano i suoi ascoltatori, gli studenti, per mettere in dubbio se le cose che diceva il loro eminente professore europeo erano fatti assodati o baggianate da fiera?

Carstairs gironzolava intorno senza posa, si fermò davanti a Doan, lo guardò e sbadigliò.

– Lo so – gli disse Doan – ti annoio. Ma ci sono altre persone e a loro interessa, quindi stai fermo un minuto finché non ho finito.

Carstairs si stese, incrociò le zampe e chiuse gli occhi.

– Certo – riprese Doan – per un lungo periodo l'inganno di Big Tub fu perfetto. Aveva sempre la storia della Gestapo alle calcagna, ricordate. Non ne sapeva abbastanza di biochimica? Be', la sua mente era confusa e lo era da quando aveva lasciato l'Ungheria. La Gestapo gli aveva fatto fuori parte della memoria e delle sue conoscenze. E, supponiamo che non sembrasse proprio uguale al vecchio Sley Mynick. La Gestapo l'aveva sfigurato. E supponiamo che evitasse la gente. La Gestapo lo aveva reso timido. Qualsiasi errore facesse, poteva dare la colpa alla Gestapo e nessuno avrebbe detto nulla perché i suoi nervi erano a pezzi, poverino.

– Mi sembrava fosse un po' scattoso – disse Eric Trent. Stava in piedi a parlare a Doan, ma guardava e pendeva verso Melissa e c'era un'espressione sul suo volto che indicava che stava pensando a qualcosa del tutto diversa da quella che stava dicendo. – Avevo notato che era eccezionalmente ansioso ogni volta che Shirley Parker era nei paraggi. La evitava come la peste.

– E aveva ragione – gli disse Doan. – Shirley è una psicologa, no? O almeno, è laureata in psicologia, e questi psicologi e psichiatri e simili riescono subito a scoprire gli imbroglioni e i bugiardi non appena questi aprono bocca. Lui aveva paura di Shirley per questa ragione. È strano che non abbia ucciso anche lei, il che sarebbe stato un vero peccato, perché oltre ad essere una psicologa è una ragazza veramente carina... Pensandoci meglio, e ricordando le difficoltà che sta incontrando per mettere insieme materiale sul sesso, mi domando se non potrei esserle d'aiuto in qualche modo, magari personalmente. Non è che, per caso, qualcuno di voi due ha il suo numero di telefono?

– Non ci pensi ora – disse Melissa. – Ci dica il resto, svelto!

– Non c'è molto altro. Tutto stava andando liscio come l'olio per Big Tub, lui non sapeva affatto che Sebastian Rodriguez y Ruiz, alias Morales, lo seguiva, poi, è saltato fuori Trent. Questo ha mandato tutto per aria. Big Tub sapeva chi era Trent. Si era tenuto informato su Heloise. Sapeva che Trent era separato da lei, ma sapeva anche molto bene che quella non poteva essere la fine della storia. Sapeva che Heloise non lasciava andare le cose che le appartenevano con tanta facilità. Sapeva che avrebbe cominciato a ficcare il naso all'università, e così facendo, prima o poi, l'avrebbe visto. Nulla l'avrebbe ingannata, nemmeno per un istante. Se l'avesse visto, l'avrebbe fatto arrestare in un batter d'occhio, e questo significava venire impiccato per via di Bumbershoot Bennie, di Sley Mynick e del furto dei soldi. Doveva far andare via Trent dall'università, ed è proprio quello che ha cercato con tanta insistenza di fare.

– Questo ce l'ha detto – disse Melissa. Anche lei parlava a Doan, ma guardava Trent, che la stava ancora guardando, e tra loro sembrava esserci una nuova intimità, nata da qualche nuova scoperta o nuovo pensiero. – Che questo è il modo in cui tutto è cominciato. Sley Mynick o Big Tub, o chi per lui, stava mettendo una trappola per Eric quando io sono entrata e l'ho colto sul fatto.

– Giusto – disse Doan.

– Ma Ames... e Beulah..

– Sono capitati sulla sua strada. Era disperato. Aveva alle spalle due omicidi, e forse di più. Non poteva rischiare assolutamente. Non poteva permettersi di attirare alcuna attenzione. Li ha fatti fuori come una persona normale ammazzerebbe una mosca. Ames perché l'aveva visto e Beulah Porter Cowys perché stava ficcando il naso e avrebbe potuto dire qualcosa a Heloise che avrebbe potuto farla insospettire nei suoi riguardi. Poteva introdursi facilmente nel Salone di Bellezza. Prima, se ne stava tutto il giorno lì a perder tempo. Conosceva quel posto come il palmo della sua mano, e Carstairs gli ha fornito una gradita assistenza.

– Ancora non ho capito – disse Trent – perché ha distrutto i miei strumenti.

– Tu e i tuoi sciocchi strumenti – disse Melissa, ma non c'era malizia nella sua voce.

– Non sono sciocchi, e sono dannatamente cari.

Doan disse: – Lo ha fatto per confondere le acque dopo che l'aveva mancata con la tegola e notato Sebastian Rodriguez y Ruiz che lo stava guardando. Avrebbe continuato col suo giochetto, «dai la colpa alla Gestapo». Sebastian Rodriguez y Ruiz gli risparmiò il disturbo, inventandosi quella storia sull'uccello tuonante.

– C'è un'altra cosa – disse Trent. – Cos'era quella storia su un così detto mio fratello Horace?

– Sebastian Rodriguez y Ruiz ha raccontato di lui ad Humphrey, ritenendo che Humphrey forse poteva essere abbastanza sveglio da immaginare che se non era stato lui a distruggere gli strumenti, solo un'altra persona poteva averlo fatto. Sebastian Rodriguez y Ruiz non voleva assolutamente lasciare che Humphrey arrestasse l'uccel di bosco che lui pensava essere Sley Mynick, così ha inventato la falsa pista di quelle pergamene inesistenti.

– E lei se ne è andato con loro due, lasciandomi solo con Big Tub Tremaine... Dopo che lui aveva appena finito di cercare di spaccarmi la testa con una tegola! Bella guardia del corpo!

– Era più al sicuro che in una chiesa – gli assicurò Doan. – Non avrebbe osato fare alcuna mossa dopo che per un pelo non era stato scoperto. Se l'avesse uccisa, perfino Humphrey avrebbe capito che era stato lui.

– Sarebbe stata una grande consolazione – disse Trent.

– Oh, Doan – disse Melissa – è terribile. Pensare che lei possa essere stato così cinico da lasciare il povero Eric da solo, disarmato e indifeso in compagnia di quell'orribile, orribile persona. Non me lo sarei aspettato da lei. Credo proprio che cancellerò il suo nome dalla mia lista delle persone carine.

Doan la guardò perplesso. – Il suo atteggiamento – disse – verso questo ragazzo... Eric. Cosa è accaduto per farle cambiare atteggiamento?

– Oh, niente – disse Melissa. – Voglio sapere di Heloise.

– Sebastian Rodriguez y Ruiz è venuto a farle visita, – spiegò Doan. Si rivolse al messicano. – L'ha fatto, vero?

– Ovviamente – disse Sebastian Rodriguez y Ruiz. Sembrava molto triste e depresso, come se avesse perso il suo ultimo amico al mondo in qualche desolata regione nel profondo sud, sotto il Rio Grande.

Doan continuò: – Sebastian Rodriguez y Ruiz voleva scoprire se c'era stato qualche contatto precedente, prima di Piedras Nigras intendo, tra Big Tub e Sley Mynick. Mentre era da Heloise, le ha fatto vedere una fotografia del falso Sley Mynick. Almeno presumo. Sentiamo se è così. – Si rivolse di nuovo all'investigatore messicano. – È andata così?

– Ovviamente.

– Ma Heloise l'ha ingannato. Non le ha detto che lo conosceva, vero?

– Già.

– Invece lo conosceva eccome – disse Doan. – Ha riconosciuto immediatamente il muso del suo caro maritino defunto. Ma Heloise non faceva mai nulla senza pensare a quali conseguenze avrebbe potuto avere sui suoi affari. E questo era un affare serio: due omicidi e un marito morto che salta di nuovo fuori. Ma soprattutto, un marito che non avrebbe voluto rivedere mai più, anche perché aveva già proclamato al mondo il suo matrimonio con Eric, il suo grande amore per lei, nonostante l'età, per non parlare della quantità di soldi investiti nella campagna pubblicitaria che metteva in evidenza proprio quelle caratteristiche...

– Aspetti un momento! Aspetti un momento! – urlò Trent all'improvviso. – Sapevo che c'era qualcosa se solo potevo arrivarci, e ora l'ho capito...

– L'ho capito anche io! – strillò Melissa allegramente. – Oh, Eric, Eric, non è meraviglioso, meraviglioso!?

Carstairs si svegliò di scatto, e li fissò meravigliato. Stavano ballando in cerchio come due bambini intorno all'albero della cuccagna.

– Accidenti, che io sia un poncho messicano se so cosa sta succedendo... – disse Doan.

– Ovviamente – disse Sebastian Rodriguez y Ruiz, alias Morales, con un'espressione preoccupata e sconcertata sul suo volto scuro.

– Ehi, tonti! – li schernì Melissa. – Voi due grandi stupidoni che dite di essere investigatori! È così ovvio. Non lo capite? Eric non è sposato, non è nemmeno vedovo, non è stato mai sposato. Se Heloise era sposata con Big Tub, che non era morto come pensavano tutti, allora il suo matrimonio con Eric non poteva essere legale. Oh, è meraviglioso, meraviglioso!

– Sì, sì – disse Doan. – Questo lo capisco, è l'eccitazione che... Insomma, veramente, mi sfugge... a meno che... – Smise di parlare e fece un largo sorriso.

– Non sono sposato – disse Trent stupefatto. – Ci pensi. Sono scapolo. Mai stato sposato.

– Non preoccuparti per questo caro – gli disse Melissa. – Presto lo sarai... Ma, continui, Doan. La perdono di tutto. E arriverò anche a rimettere il suo nome nella mia lista.

Doan tirò un profondo sospiro e ricominciò a parlare. – Dunque, Sebastian Rodriguez y Ruiz è andato a trovare Heloise che gliel'ha data a bere. Poi, Heloise si è liberata di lui e ha cominciato a fare un piano. Pensava di poter tenere testa a Big Tub. Aveva venti domestici e una pistola, ed era una dura. Lo ha chiamato e gli ha detto che gli dava ventiquattro ore per andarsene, in qualsiasi modo. Voleva liberarsi di lui senza scandali. Bib Tub è partito, ma contro di lei. Lei aveva una montagna di gioielli e lui aveva bisogno subito di denaro. È entrato dal retro, ha preso i domestici, uno alla volta o a gruppetti, e li ha chiusi in cantina. Poi è andato a parlarle... con la pistola. Doveva essere abbastanza agitato in quel momento. Stava giocando sul filo della fortuna. Non credo che vi abbia sentiti arrivare. Stava dandosi da fare nella camera sul retro per aprire la cassaforte a muro di Heloise. Ha capito che eravate qui quando è squillato il telefono. C'è una derivazione in camera. Ha sentito lei che parlava, è sceso giù, ha tagliato i fili, tolto la luce, vi ha chiusi dentro a chiave e stava sgattaiolando via quando ha incontrato me.

Si udì un improvviso ruggito infuriato nella notte, e Humphrey comparve. Si stava precipitando giù per la discesetta del prato, sollevando furiosamente le gambe ed agitando in aria i pugni.

– Lei! – urlò. – Appena ho sentito alla radio che c'era una specie di rissa qua, mi sono detto: «È quel maledetto Doan, di nuovo!». E ovviamente lei è qui! Ne ho abbastanza di lei! Non la sopporto più! Che ha fatto al povero professor Sley Mynick? Sta lì steso tutto bagnato e freddo e svenuto, se non morto. Non cerchi di mentire, Doan! La avverto. E ora, la dichiaro in arresto!

– Via, si rilassi – gli consigliò Doan. – Ho appena catturato il suo omicida per lei. È caduto dai rampicanti, lassù, dentro la piscina e...

– Cosa? – bofonchiò Humphrey. – Caduto nella piscina? – Corse al bordo e guardò con attenzione dentro. – Dove? Dove?

Ci fu un lampo improvviso, color fulvo. Un corpo enorme passò di corsa in mezzo alle gambe di Trent, sfiorò Melissa e si avventò su Humphrey con la velocità di una capra impazzita, a testa bassa, come se avesse aspettato per molto, molto tempo l'occasione giusta.

– Carstairs! – gridò frenetico Doan. – Non lo fare! Non osare...

Humphrey gridò e si gettò in avanti, tenendosi il fondo dei pantaloni con entrambe le mani. L'acqua lo inghiottì con un freddo e allegro gorgoglìo.

– Carstairs! – strillò Doan. – Imbecille! Lo sai che darà la colpa a me! Vuoi vedermi nella camera a gas? In prigione a vita?

Carstairs lo ignorò. Stava contemplando l'acqua schiumosa e agitata della piscina con la distaccata e sadica indifferenza di uno scienziato che studia un insetto con le zampette legate.

Anche Eric e Melissa lo ignorarono. Per il momento erano troppo occupati l'uno con l'altra per avere un qualsiasi interesse verso gli affari esterni. Le braccia di Melissa erano intorno al collo di Trent e lui la teneva così stretta che nessun biochimico, o meteorologo, o fisico, o psicologo, o qualsiasi altro tipo di scienziato avrebbe potuto dare una spiegazione logica su come lei potesse respirare.

Ma poteva, sebbene le sue labbra fossero pressate a quelle di lui, e quando finirono di baciarsi lei tirò un lungo e tremante respiro.

– Non sono sposato – le disse Trent in un sospiro perfettamente comprensibile. – Non sono sposato, e non sono mai stato sposato con quella vecchia megera, che riposi in pace. E ora, posso chiederti... Senza legami che lo impediscano, io posso offrirti il mio nome... Vuoi essere...

– Fermo! Fermo! – gridò Melissa, stringendolo a sé. – Forse ti farà infuriare, ma non posso trattenermi. Devo dirlo. È troppo buffo. Se non lo dico scoppio... Ora posso diventare... la signora... Bell'Amante! Ecco! L'ho detto! Non mi colpire, Eric... no... oh, oh! Non vorrai colpirmi... oh, oh!

– Ovviamente! – disse Sebastian Rodriguez y Ruiz, alias Morales, guardando i due giovani ritornare al loro abbraccio. – Ovviamente – disse di nuovo, e per la prima volta in quella serata, sorrise col suo largo sorriso latino.

Postfazione

di Stefano Martinelli

Mio caro assassino, pubblicato negli Stati Uniti nel 1946, è l'ultimo romanzo di Norbert Davis in cui appaiono i personaggi di Doan e Carstairs – ed è anche il suo addio alla narrativa poliziesca. Nei tre anni che gli restavano da vivere (lo scrittore si uccise nel 1949, ad appena quarant'anni), Davis cambiò infatti genere, cimentandosi – a volte con la collaborazione della moglie, anche lei scrittrice – nella letteratura *tout court*, con la speranza di affermarsi sulle pagine delle riviste più autorevoli e superare così la crisi del mercato dei *pulps*. Questi periodici, che avevano avuto un così grande successo tra le due guerre proponendo una narrativa popolare – dal poliziesco, al western, all'horror, alla fantascienza – erano ridotti adesso, anche per la concorrenza dei libri tascabili e della televisione, a vivacchiare senza grandi speranze.

Il tentativo purtroppo fallì su ambedue i piani, facendo precipitare Davis in una depressione morale e materiale da cui – nonostante il sostegno di un vecchio amico ed estimatore come Raymond Chandler – lo scrittore non riuscì più a risollevarsi. Lo stesso Chandler ha rievocato, in una lettera che testimonia la sua generosità e il suo senso dell'amicizia, le tristi condizioni del collega meno fortunato, al quale aveva inviato un aiuto finanziario (duecento dollari): «Il modo migliore di sapere se si hanno degli amici» scriveva il 18 aprile 1949 «è di cadere in miseria. Quelli che ti restano fedeli più a lungo, sono tuoi amici».

In quell'anno, il creatore di Doan e Carstairs era riuscito a "collocare" un solo racconto su quindici, trovandosi in una penosa condizione di isolamento e di povertà. Purtroppo, il generoso soccorso di Chandler recò solo un sollievo temporaneo: la letteratura "alta" rifiutava Davis, e la crisi dello scrittore non fece che approfondirsi, fino al suo esito tragico.

Che giudizio possiamo dare di Norbert Davis, dopo aver letto la serie poliziesca di Doan e Carstairs? Ha ragione Ludwig Wittgenstein, presumendo – senza conoscere gli altri – che solo il primo romanzo (*Appuntamento col terrore*) fosse notevole? E poi, che cosa apprezzava così calorosamente in questo libro il filosofo austriaco? Rimandiamo alla nostra postfazione al volume uscito in questa stessa collana.

Nella sua monumentale biografia di Wittgenstein, tradotta in italiano da Bompiani (1991), Ray Monk ha affrontato la questione (irrilevante quanto si vuole, ma comunque tale da incuriosire, evidentemente, non soltanto noi): «una ragione di questo apprezzamento – egli scrive – potrebbe essere lo humour che pervade il romanzo e che, in effetti, s'impone come una caratteristica saliente» (p. 519).

Se questo è vero, si può osservare che questo humour è largamente presente in tutti i romanzi della serie Doan e Carstairs: da questo punto di vista, tutte le avventure di questa "strana coppia" di investigatori sarebbero probabilmente piaciute a Wittgenstein – compreso *Mio caro assassino*, in cui, tra l'altro, la vicenda si svolge in un college universitario: un ambiente accademico, satireggiato da Davis con effetti esilaranti, che il filosofo conosceva assai bene.

In quest'ultimo romanzo, troviamo inoltre – a parte questa ambientazione inusitata, che precede di decenni i "gialli" universitari degli anni Sessanta e Settanta – uno sforzo di approfondimento psicologico dei personaggi che, pur nell'ambito della classica trama giallo-rosa, ricca di delitti e di colpi di scena, fa già presagire qualche maggiore ambizione letteraria. Forse per questa ragione, *Mio caro assassino* è stato talvolta considerato inferiore agli altri romanzi: proprio per il tentativo di distanziarsi ulteriormente, in termini di autoironia e di analisi dei caratteri, dagli stilemi del genere. Certo, in questo genere Davis aveva ormai esaurito la sua maniera: o meglio, la esaurisce con questo romanzo, in cui, evidentemente, è già alla ricerca di un piano diverso di affermazione. Ma questo – soprattutto per noi, lettori di cinquant'anni dopo – è piuttosto un elemento di pregio e di originalità, la garanzia di una lettura non banale o semplicemente di evasione, che conferisce all'ultima indagine di Doan e Carstairs un particolare interesse.

Indice

FINITO DI STAMPARE
NEL MESE DI GIUGNO 2003
PER CONTO DELLA
CASA EDITRICE LE LETTERE
DALLA TIPOGRAFIA ABC
SESTO F.NO - FIRENZE

PAN - *Narrativa*

Nella Larsen, *Sabbie mobili*. A cura di M. Giulia Fabi, traduzione di Francesca Biondi.

Michel del Castillo, *La madre assente*. Traduzione di Antonella Raspi.

Svava Jakobsdóttir, *Tutto in ordine*. A cura di Silvia Cosimini.

Paule Marshall, *Danza per una vedova*. A cura di M. Giulia Fabi, traduzione di Orsola Brizio e M. Giulia Fabi.

Mario Benedetti, *Lettere dal tempo*. A cura di Martha Canfield, traduzione di Emanuela Jossa.

Carmen Boullosa, *Dorme*. A cura di Martha Canfield, traduzione di Antonella Ciabatti.

Ruth Schweikert, *Chiudi gli occhi*. Traduzione di Silvia Juliani.

Jens Sparschuh, *Il venditore di fontane*. Traduzione di Matteo Galli.

Tobias Schneebaum, *Tieni il fiume alla tua destra*. A cura di Martha Canfield. Traduzione e Nota biografica di Fernando Cioni.

Sibylle Lacan, *Un padre*. Traduzione di Lucia Corradini Caspani.

Cónal Creedon, *Passion Play*. Traduzione e cura di Fiorenzo Fantaccini.

James Baldwin, *La stanza di Giovanni*. A cura di M. Giulia Fabi, traduzione di Alessandro Clericuzio.

Sanantonio, *Sanà contro Mr. Blood*. Traduzione di Domitilla Marchi e Enzo Fileno Carabba.

Sanantonio, *Sanà nel castello degli orrori.* Traduzione di Domitilla Marchi e Enzo Fileno Carabba.

Bahiyyih Nakhiavani, *La bisaccia.* Traduzione di Lucia Corradini Caspani.

Brian Friel, *L'oro del mare. Racconti irlandesi.* A cura di Fiorenzo Fantaccini.

Sanantonio, *Sanà e la bocca di fuoco.* Traduzione di Domitilla Marchi e Enzo Fileno Carabba.

Antonio Dal Masetto, *Strani tipi sotto casa.* Traduzione di Antonella Ciabatti.

Alejandro Rossi, *Regioni da leggenda.* Traduzione e cura di Martha L. Canfield.

Sanantonio, *Ho paura delle mosche.* Traduzione di Bruno Just Lazzeri.

Marina Warner, *Il padre perduto.* Traduzione di Carla Pezzini Plevano. Postfazione di Daniela Corona.

Elizabeth Barrett Browning, *Aurora Leigh. Romanzo in versi.* A cura di Bruna Dell'Agnese.

Sanantonio, *Al Cappone. Romanzo purificante e leggermente afrodisiaco.* Traduzione di Domitilla Marchi e Enzo Fileno Carabba.

Jurek Becker, *I figli di Bronstein.* Postfazione di Roberta Malagoli.

Norbert Davis, *Appuntamento col terrore.* Postfazione di Stefano Martinelli. Traduzione e nota al testo di Ornella De Zordo.

Norbert Davis, *Mio caro assassino.* Postfazione di Stefano Martinelli. Traduzione di Elena Tomei.